KB118308

눈과 오이디푸스

서상영 시집

문학동네시인선 035 서상영

눈과 오이디푸스

시인의 말

원더걸스, 소녀시대, 카라의 출현은
오랫동안 억눌려왔던 육체가
정신의 귀싸대기를 때린 것이다
정신에 대한 앙갚음
이제 정신을 거부한 육체들의 향연은
무작위, 무분별, 무질서의 형태로
광범위하며 자본주의의 충만한 신체에 붙어
나풀댄다
들로 산으로 꽃을 찾아 날아야 할
꿀벌이
꿀단지 속에 빠져버린 격
여전히 정신은 정신이 없다
깊은 반성은 없이
오직 아버지가 되겠다는 외침들뿐!

이런들 저런들—
에서, 나는 시를 쓴다
에서, 나의 시는 쓰다

차례

시인의 말 005

1부 눈과 오이디푸스

눈과 오이디푸스 010
눈과 오이디푸스—흔들리는 집 012
눈과 오이디푸스—물의 복판 013
눈과 오이디푸스—1층 옥탑방 1 014
눈과 오이디푸스—아버지의 초상 016
눈과 오이디푸스—행복한 가족 017
눈과 오이디푸스—아버지의 이름으로 1 018
눈과 오이디푸스—착한 누나, 사랑나기 1 020
눈과 오이디푸스—착한 누나, 사랑나기 2 022
눈과 오이디푸스—착한 동생, 사랑나기 1 024
눈과 오이디푸스—굳세어라 가족아 2 025
뜰 밖의 맨드라미 026
눈과 오이디푸스—형제의 소풍 1 027
눈과 오이디푸스—형제의 소풍 2 028
눈과 오이디푸스—거울 앞에 선 내 누님이여 030
눈과 오이디푸스—역사적 삐침에 대하여 031
눈과 오이디푸스—다모여 회의 032
눈과 오이디푸스—아버지 연구소 034
눈과 오이디푸스—1층 옥탑방 2 036
눈과 오이디푸스—굳세어라 가족아 1 037

눈과 오이디푸스—착한 동생, 사랑나기 2 038
눈과 오이디푸스—아울리스 항의 이피게네이아 039
눈과 오이디푸스—굳세어라 가족아 3 040
눈과 오이디푸스—기관들 없는 신체 042
눈과 오이디푸스—아버지의 이름으로 2 044
눈과 오이디푸스—애국의 길 045
눈과 오이디푸스—낭독의 기쁨 046
눈과 오이디푸스—착한 누나, 사랑나기 3 048
눈과 오이디푸스—안녕, 발가벗은 영혼아 049
눈과 오이디푸스—세상 어머니들의 노래 050

2부 뿔!

오르페우스, 그 겨울의 시작 052
폐업한 술집에 흐르는 희망 054
우울 055
권태 1 056
고양이 058
권태 2—슬픔의 밖 059
유배지에서 보낸 한철 060
권태 3—나는 지금 책 종이에 손가락을 벤 사람처럼 수줍어하는 중이다 062
권태 4—흔들리는 집 064
봄 065

팬티 냄새 066
상투 067
둥굴유리애벌레 068
양철 지붕이 있는 마을 070
흔들리는 집 072
현기증 074
나에게 살아 있는 증거는 없다 075
불 076
슈베르트의 성년기 078
시의 씨앗 081
뿔! 082
포도 084
연두—집 짓기 085
어느 화전민(火田民)의 일생 086
울릉도 088
봄날은 간다 090
묘비명 092
바다 093
나의 시가(詩家) 094
내 마음의 실루엣 096

해설 | 안티 오이디푸스 시극(詩劇) 099
| 류신(문학평론가)

1부

눈과 오이디푸스

눈과 오이디푸스

소낙눈이 내린다
뜨거운 눈물이 얼어 하얀 꽃으로 핀다
대궁도 없이, 벽 없는 허공에
헛되이 몸을 부딪치며, 끝도 시작도 없이
오오, 그러나 사내여
그 숱한 뉘우침은 정당하단 말인가
누구도 아버지의 이름을 부를 자유는 없으리

눈으로 무엇을 덮을 수 있으며
눈으로 무엇을 볼 수 있다는 말인가
삼거리의 마차였던가
거만한 패거리의 욕지거리였던가
너의 눈을 완강히 거부했던, 그 어떤 덩어리가
그토록 무서운 진실로 남게 될 줄이야

아내이자 어머니인 여인의 몸에서
흘러나온 다홍빛 피가
무구한 테베의 흙을 놀라게 했을 때
너는 손가락으로 두 눈을 찌르고

죽음으로도 면책될 수 없는 인간의 죄여
우리 모두는 차라리 고통을 택했구나

소낙눈이 내린다, 희생양 없는 순수한 경배가
세상을 풍요롭게 했던 황금의 시대, 그 순백의
꿈들이 들판을 덮는다, 시작도 끝도 없이
    ……붉은 꽃을 든 사내들……
버림받은 아이처럼 하얀 언덕을 떠돈다

눈과 오이디푸스
— 흔들리는 집

꼭 1년 만에 가족들이 한자리에 모였다 칠레 과테말라
싱가포르 룩셈부르크에 흩어졌던 가족들:
이 아니었다 우리는 안방 건넛방 옆방 지하실
장자인 형은 1층 옥탑방에 흩어져 살고 있었다.
오늘은 아버지 기일이었다 뜰 밖에 맨드라미꽃이 필 때면
어김없이 그날이 찾아왔다
오늘로 제사와도 절단이야 건성으로 절을 끝낸 동생이
선언했다 형이 꺼내놓은 액자 유리 안에서
아버지의 모습은 완벽했다, 누군가가 영웅담만 쓰면
되었다: **뜰 밖에 맨드라미꽃이 필 때 그는 태어나서**, 침묵에
먹혀가는 동생의 말꼬리를 누나가 잡아챘다
그래, 아버지의 제사를 10년씩이나 지내다니, 이건 낭비야
지금이 어느 시대인데
누나 몸에선 사내 냄새가 났고 어머니는 그런 누나를
질투했다 형이 축문을 읽기 시작했다 그런데
어머니도 나처럼
누나의 한밤중을 떠올리며 수음을 할까
뜰 밖에 맨드라미꽃이 필 때 그분은 태어나서, 으흐흐
아버지, 아버지이—이익잉 켁, 엉덩이를 허공으로 치켜든
형의 울음에서는 똥 구린내가 났다 10년 전
가족들에 둘러싸여 아버지가 죽어갈 때
그의 손에서는 날카로운 맨드라미꽃이 떨고 있었다

눈과 오이디푸스
— 물의 복판

형이 파리채로 누나의 등을 후려쳤다 파티에서 돌아온 그녀가—아, 왜 또 돌아왔지. 집이 지겨워, 지겨워—스스로를 부여안고 독백을 하자. 누나는 움찔했지만 대꾸도 않았다. 그저 살점이 뚝뚝 떨어지는 눈길로 형을 잠시 쳐다보고는 물살처럼 휘청대며 화장실로 들어갔다 쏴아—, 쏴아—창백한 거실로 쏴아—쏴아—다, 쏴아 죽여버려, 동생의 고함이 들이쳤다. 그만해서 다행이었다. 며칠 전 한밤중엔—컴퓨터 안으로 이사를 가야겠어. 여긴 모든 게 시들해, 엉—그때 엄마는 다 큰 동생을 안고 등을 토닥이며—참아라, 살다보면 얼마든지 그럴 수도 있는 일이다—어머니의 '살다보면'에 포함되지 않는 '살다보면'은 하나도 없었다—이봐, PC. 어깨 좀 펴봐. 너를 보면 꼭 좀비를 보는 것 같아—또, 또 참견이야, 형은—내 말은, 내가 슬펐으니까 너희들이라도 기쁘게 살아야 하지 않겠냔 말—호호호, 전형적인 아버지의 수법이다, 호호호—누나가 화장실을 나오며 웃었다. TV에서 흘러나오는 아르바이트 관객들의 웃음소리처럼 소름이 돋았다—너희들, 어떻게 하루도 조용한 새벽이 없니, 새벽…… 나도 이젠 내 인생을 찾고 싶구나. 밖에 나가 바람도 좀 피우고, 쐬고—그래요 엄마, 요즘은 널린 게 이혼남이야 돈도 많고—안 돼!— 아버지가 되살아난 듯, 엄격한 목소리가 들려왔다. 맨드라미꽃처럼 붉은 눈길로 동생이 엄마를 쳐다보고 있었다

눈과 오이디푸스
— 1층 옥탑방 1

아버지가 죽었다고 느껴졌을 때,
웃기려고 발버둥 치는 개그맨의 몸짓에 연민을 느꼈을 때,
우리를 감싸던 살의(殺意), 모호한 낭만이 사라졌을 때,
그러니까…… 여하튼
뭔가 있을 법한 거짓을 만들며 살아야겠다고 느꼈을 때,
갑자기 심심해졌을 때,
누나가 엽기 인형을 안고 조폭 영화를 보러 외출을 시작했을 때, 그러니까

형은 1층 옥탑방을 만들기 시작했다 사다리를 만드는 데 고생했지만
공사는 빠르게 진행됐다 형의 말을 그대로 따르자면 그것은,
단군 이래 최대의 옥탑방 공사였다 그러니까…… 여하튼
알루미늄과 유리투성이의 사각형 상자를 짓고 형은 소형 태극기를 달았다
멀리서 보면 1층 옥탑방은 꼭 태극기가 걸린 점집 같았다
형이 내건 중형 플래카드—부적에 당한 말들:

조국이 셋도 아닌데 그냥 이웃해 살자

엄마 누나 나 동생은 '반쯤' 놀랐다 '한 개' 혹은 '깜짝' 놀랄 수도 있었지만
그러기엔 형의 행동이 너무 미심쩍었다, 절대 금기인
아버지에 대한 추억을 주문으로 사용했던 것, 그래
저 지랄로 저 자식은 아버지가 되려는 거야
뜰 밖의 맨드라미꽃이 피어 있는 한 아버지는 될 수 없어
누가 어떤 말을 했는지 모르지만, 동생과 내가 한마디씩 했다
라고는 말할 수 있을까
제사를 지내자, 아버지 제사를 지내자, 만약 저 개 아버지가 되면
엄마는 저 개의 아내가 되고 우리는 저 개의…… 제사는 일단 지내고
우리도 제 살길을 찾아보자, 그렇게
우리들은 스스로의 꿈을 스스로가 껴안지 못했고
다시 부적을 찾아 귀신을 찾아 붕붕 떠다니고 있었다 붕붕—

눈과 오이디푸스
— 아버지의 초상

뭉치면 살고 흩어지면 죽는다—아버지의 첫사랑은 불행히도 어머니가 아니었다 어디선가 들려온 억센 구호였다 고로 각종 반공대회 각종 땅굴 견학 각종 쥐잡기대회 각종 호국 궐기대회 등 뭉치는 곳이면 어디고 쫓아다녔다 각종 자녀 둘 낳기 운동본부에서도 다년간 활동을 했는데 셋째가 튀어나오는 바람에 불명예 탈퇴했다 그는 그것을 생의 중대한 오점으로 생각했고 자포자기하는 심정으로 막내를 더 낳았다 각종 제복 손질을 게을리 한 날이면, 어머니는 조국과 민족에 충성을 다할 것을 예비군복 앞에서 맹세해야 했다 그렇게 아버지는 일신의 안락을 추구했고, 그 바람에 우리들은 종종 감동했다 형제들이 늦잠을 잔 날은, 조국을 욕되게 했다며 죽사발이 났다 내가, '반공'을 '방공'으로 썼을 때, 그는 경찰에 고발할 수도 있다고 경고했다 어쩐지 느슨해야만 할 것같이 온화한 날씨에는 그도 가족들과 각종 노래를 즐겼다 노래는 대부분 군가였고 간혹 건전가요도 섞여 있었다 취학 전에 이미 형제들은 〈진짜사나이〉〈향토예비군가〉〈민방위노래〉를 열창할 수 있었다 모진 동네의 각종 반공단체, 각종 운동단체가 주관하는 대회는 우리 형제의 밥이었다 사회정화위원회 흑석동지부 자문위원 위촉장을 자식들 앞에 펼쳐놓던 날, 언젠가는 당도하게 될 죽음을 향한 아버지의 명백한 항거를 나는 기억하지 않을 도리가 없다—내가 자문위원이 됐다는 사실을 너희만 알고 있어라

눈과 오이디푸스
— 행복한 가족

형은 마르크스를 사랑했고 아버지는 비스마르크를 사랑했고
집안은 한시도 열한시도 편할 날이 없었고
어머니는 남편과 아들을 똑같이 사랑했다
그래서 특이한 사랑의 방식을 택했는데
부자(父子)간의 투쟁을 빌미로 바람을 피워보자는 작은 소망을 가졌다
부자간의 증오가 증폭될수록 그녀의 소망도 증폭됐지만
막상 아버지가 죽었을 때, 그녀에게서 불륜의 꿈은 사라졌다
나는 형이라는 형이상학을 통해 세상을 봤으나
원체 지지리라 아버지조차 나를 동정했다
누나는 아버지를 가장 사랑했고 오빠를 가장 사랑했는데
그런 사실을 공공장소에서 밝혔다
그때마다 아버지와 형의 싸움은 격렬해졌고
엄마는 누나의 귀싸대기를 때렸다.
여우 같은 동생은 순수했다, 냉소를 향한 순수
동생은 아르바이트로, 냉소 편의점에서 빙신, 아니 빙수를 팔고 있다

눈과 오이디푸스
— 아버지의 이름으로 1

1.

부처님 오신 날 양수리, 쏘가리매운탕 집으로 들어간 아버지가 쏘가리 두 마리를 빌려왔다—방생해라, 그리고 대지의 숨결을 맘껏 느껴봐라—형과 나의 손에 쏘가리 한 마리씩을 올려놓은 아버지가 누나만 데리고 다시 쏘가리 집으로 들어갔다—오월은 푸르구나, 쏘가리는 자란다아 오월은 부처님 오신 날 쏘가리 세사앙—작은 물웅덩이를 만들어 쏘가리를 풀어놓으며 우린 노래를 불렀고 아버지는 돌아오지 않는 가운데, 혹시 아버지가 우릴 추방시키려는 것은 아닐까 대지의 숨결을 맘껏 느낀 나머지 점차 무서워지기 시작할 무렵 형과 나는 쏘가리를 구워 먹었다—쏘가리야, 미안하다 네가 밉다기보다는 아버지를 배반하기 위해서란다—아버지 맘대로의 시간이 또 흘러갔다—자연의 숨결은 제대로 느꼈구나 한나절 사이에 어른이 된 것 같다 아하암—누나의 어깨를 감싸 안고 돌아온 아버지의 입에서도 풀풀 쏘가리 냄새가 났다 집으로 돌아온 후에도 아버지의 가르침은 계속되었다—뜰 밖에 맨드라미가 필 무렵 태어나서, 민족 중흥의 역사적 사명을 띤 아버지—아버지 헌장을 외우고 있는 형제의 반대쪽에서도 교육은 한창이었다—딸아! 한 해 첫 곡식을 지으면 누구의 상에 먼저 올리느냐—그야 집안의 어르신인 아버지 상이지요—그렇다, 하물며 밭에서 나는 곡식도 그럴진대, 곱게 키운 딸을 누가 먼저 취해야겠느냐 남이냐 아비냐

2.

그놈이 뭘 알아, 조국의 현실을 알아 아버지가 노발대발하며 형과 나의 대갈통을 갈겼다—만약 누군가가 사상의 자유를 억압한다면 그는 당신의 적이다—초등학교 운동장은 미국서 돌아온 사내의 사자후가 쩌렁쩌렁 울렸는데, 그렇거나 저렇거나 우린 딱지치기만 했는데—그따위 낭만으로 사회를 좀먹다니, 빌어먹을 놈! 네놈들도 한 운동장에 있었으니 똑같아 대가리 박아! 난 억울하진 않았지만 초등학교 5학년인 누나에게만 억울했다 정작 오도카니 앉아서 사내를 흠모하던 누나—그녀는 사내가 유럽식으로 우리말을 한다는 그 자체를 멋있어 했다—는 열외였던 것 누나는 아버지 곁에 오도카니 앉아 우리들을 감상했다—현실을 일깨우기엔 원산폭격보다 좋은 벌이 없다 똑바로 해—아버지는 우리의 엉덩이를 두들겨 팼고, 우린 머리를 땅에 처박고 참선하는 수도승처럼—여보, 벌써 한 시간이 넘었어요, 그러단 애들 잡겠어요—뭐야, 당신이 현실을 알아? 당신 오늘부터 한 달 동안 외출 금지야, 이런 씨부럴 섹스도 금지야!

눈과 오이디푸스
— 착한 누나, 사랑나기 1

아버지가 방망이로 형을 내리쳤다—아비도 없는 자식 어미랑 흘레붙어 지 아비를 낳을 자식 죽어, 죽여주진 못하겠으니 죽어……줘 제발— 형의 머리가 빠개졌다 피가 맨드라미꽃처럼 형은—난 잘못한 것 없어, 잘못은 잘못만이 하는 거야, 개자식아—개자식 니가 아버지라고! 누나가 외쳤다…… 개새끼—아버지가, 형을 끌어안는 누나에게—이 씨부랄 것들 입만 살아가지고…… 대들었다—오빠……를 사랑해, 아, 젖이 나왔으면 좋겠어, 젖…… 오빠의 목을 적셔줄 젖…… 누나의 목소리는, 세면장에서, 세면은 안 하고, 한 달 만에 돌아와, 아니 두 달이라도 괜찮지만, 오빠가 벗어놓은, 아니 오빠를 벗어놓은 팬티 냄새를 맡는 목소리였다 하지만 누나는 어렸고, 젖 대신 눈물을 쏟아내고 있었다

그러던 어느 날 형이 살아나서—개새끼 수음하기 귀찮아서 나를 낳았지? 걸레질하기 싫어서 들이민 날을 기억해, 말해 너의 질서는 질, 질, 질…… 캄캄하다고 개새끼—형이 아버지의 정강이를 걷어차며 팔꿈치로 등을 찍었다—허연 눈자위를 드러내며 아버지가 쓰러졌다—왜 나만 갖고 그래, 세상에 나만 사니, 씨벌눔아—아, 아, 아, 아버지를 때려이, 이, 개새꺄—누나가 외쳤다…… 뭐, 싸움만큼 삶적인 것은 없다고 너? 너? 너? 혼자 해 개쌔꺄, 너 혼자 니 얼굴 때리고 혼자, 니 자지 갖고 놀아—누나가 아버지를 가슴에 묻었다, 누나의 흰 셔츠로 진홍빛 꽃이 흘렀다 누나는—어쩌자는 거예요, 아, 아직도 젖이 안 나오는데, 어쩌자는, 어

쩌자는 아, 아버지 월경 피라도 받아 넣어드릴게, 께익, 께익—강아지부터 부처님까지 누나는 쓰러진 것들이라면 아주 환장을 했다

눈과 오이디푸스
— 착한 누나, 사랑나기 2

개같은 새끼…… 참았던 오줌을 누듯이 누나가 울음을 터뜨렸다 힘차고
명랑한 구석이 있는 울음이었다
또 미끄러졌구나 미끄러졌어 병신, 기타 줄을 팅팅 퉁기며 형이 말했다
오, 그이, 오 멋진 그이, 죽여주는 그 남자 오늘에야 비로소
누나의 개새끼가 된 그 새끼는, 누나랑 무슨 짓을 했었을까
나는 요즘도 누나를 생각하며 수음을 한다
이별은 들먹일 필요조차 없었다, 우리들은 사랑을 하면서
항상 사랑 밖에 서 있는 이별을 바라본다

그 새낀 사기꾼이었어, 또, 흑…… 찌린내, 차라리 오줌으로
밥을 비벼 먹는 편이 나을 거야
나는 누나를 바라보지 않았고 우리는 그렇게 서로를 향한
피난민이었다
울음 좀 집어치워 년아, 몸이 닳은 것도 아니고
넌 뭐 정신도 없잖아 형이 아버지처럼 윽박질렀다
윽박질렀지만, 사실 우리는 아무것도 아니었다
하양? 믿음! 파랑? 소망! 빨강? 사랑!
푸른 날 정담을 나누던 삼 남매, 그들은 누구였을까

슬프지도 기쁘지도 않은 나날들 속에서
누나의 울음은 어떤 의미여야만 하는 것일까

자정쯤 돼서, 내 잠 좀 방해해줘
꿈 좀 꾸게—부탁한다 형이 내게 말하며
1층 옥탑방으로 올라갔다
누나의 울음은 오늘 밤을 새워야 마를 것이다
그리고 아침이 오면, 누나의 사랑은
무자비할 정도로 싱그럽게 일어서리라
운동회 날 달리기에서 넘어졌다 일어서는 아이처럼
영차, 사랑은
날아다니고 춤추고 미끄러지고 영차

눈과 오이디푸스
— 착한 동생, 사랑나기 1

관계를 인정해줘—동생이 허공에다 외치며 몸을 휘청거렸다. 술이 가득한 눈을 들어 어머니를 바라보며—너, 너 지금 누구와 관계를 인정해달라는, 무슨, 무슨 관계를—재빨리 잡아챈 눈치로 누나가 떠듬거렸다—엄마와 나의 관계—이, 이 개새끼—형이, 공중으로 날았지만 헛발질 어머니는 침묵했고, 형 누나 나는 잠시 기절했다면 얼마나 좋았을까—아, 그, 그그—헛되이 방바닥으로 나가떨어진 형은—인정할 걸 인정해야지지—나는 냉냉냉 자로 시작하는 말들만 찾고 있었다—우리 관계 아직도 눈치채지 못하고 있었어—동생이 고백했다—엄마 이 새끼랑 섹스했어?—누나가 간절히 물었는데, 대체 누구를 위한 간절함인지—누구랑?—어머니가 간단히 대답했다. 차라리 어머니는 어머, 어머머, 어머나 했으면 좋았을 것을. 형과 동생이 정답게 멱살을 움켜줬다—그, 그건, 그근친이야…… 근친—그것뿐이야? 난 몰라, 그그 결과까지도—지붕아 폭삭 무너져버려라, 우리는 죽고 싶단다—하며 누나가 울음을 터뜨렸다. 최선을 다하고 있는 모습들이란, 별꼴들이었다, 그런다고 별로 여행을 떠날 것도 아닌데

눈과 오이디푸스
— 군세어라 가족아 2

아버지다! 거실에 떡하니 앉아 있는 개를 향해 형이 외쳤다 하늘에서 떨어졌는지 땅에서 솟아났는지 따질 필요도 없이 아버지다, 잡아먹자!—귀여운 구석이 있어, 내가 방으로 데리고 가서 잠도 자고 먹을 것도 줄게 걱정하지 마—흥, 넌 아버지를 독차지할 속셈이구나—오빠는? 개면 개지, 뭔 아버지야—닥쳐! 세상 모든 아버지들은 개야, 개처럼 일하고 개처럼 섹스하고 개처럼 버려지잖아, 안 그래? 제사상에 개고기가 왜 안 오르는지 알아, 아버지이기 때문이지—어쨌거나 난 반대다 영양탕을 먹고 너희들 자지가 팔팔 뛰는 걸 엄마는 볼 수가 없구나, 또 영양탕은 누가 끓이니, 그냥 문밖에 내놓자—걱정 없어 날것으로 먹으면 되니까, 그리고 엄마도 먹고 뛰어봐, 일단 뛰어봐, 학원강사 넌?—난 학원에나 한번 데려갔으면 좋겠어, 성문영어나 수학정석을 짖어댈지도 모르니까—나약한 새끼, 차라리 아버지 얼굴에 침을 뱉어라 다음은 좀비?—내겐 아버지에 대한 기억이 없어 그래서 개도 필요 없어, 하지만 개야 날 물지 말아다오 얌전하게 굴 테니까 동생이 벌벌 떨며 손가락을 빨아댔다—니 말은 개를 앞세워 형을 잡아먹겠다는 뜻 아니야, 동생의 말을 기세 좋게 의역한 형은, 드디어 집안에 평화가 들이닥치는군, 아버지의 이름으로 개를 잡아서 똑같이 나눠 먹자 아버지의 피와 혼을 똑같이 상속받자—그날 집안의 분위기는 할 수 없이 개판이었다

뜰 밖의 맨드라미

흔들렸던 것
봄 여름 가을 겨울 없이
서로의 손을 마주 잡고
하염없이 욕을 하며
부르르 떨었던 것
스핑크스의 수수께끼, 법과 문학
혹은 애정과 저주
끝내 쏟지 못한 핏덩이들은
꿈만 붉게 적시고
누구나 한 번쯤은
그리워하기 위해
뜰 밖의 어디라도 걷고 싶어했던 것
너와 나의 맘에 대롱대롱 맺히던
투명한 후회
이젠 책, 혹은 추억의 갈피에서 딱정벌레처럼
짜부라든, 뜰 밖의 맨드라미
서로 하염없이 욕을 하며
봄 여름 가을 겨울 없이, 우리를 덮쳐오는 것

눈과 오이디푸스
— 형제의 소풍 1

공자 서화담 빰치는 우리 형이야, 마를린 먼로, 오늘 저 새끼 확실하게 보내버려—주둥이에 굵은 점을 그려넣은 아가씨의 가슴에 만 원 지폐를 구겨 넣었다—야, 학원강사가 자본주의 황제냐, 시녀들이 마중을 다 나오네—아냐 아냐냐, 시간당 5만 원의 블랙칼라야—마를린 먼로가 형의 모가지를 잡고 늘어지자—저, 점순아 잠깐만 기다려, 어리둥절할 시간은 있어야지—학원강사 월급날 1층 옥탑방 형과 소풍갔다 불과 1백 미터 밖이었으나 노래방은 나이지리아보다 먼, 다른 세상이었다 팔을 목에 두르고 아가씨의 젖가슴을 만졌다 풀 냄새가 났고, 짧은 치마 어여쁜 아가씨는, 립스틱 짙게 바르고를 불러댔다—야, 자본주의 좋다 씨발 돈만 있으면. 뭐, 팁 만 원에 하나씩 벗는다고 그러면 벗어봐 치마 벗고, 팬티 벗고, 이거 체제 전복이 따로 없구만 앙? 야, 학원강사 노래만 부르지 말고—하지만 나는 애국가만 불렀다 동해물과 백두산이 마르고 닳도록—탬버린 너 어디서 배웠어, 학교 음악시간에 배워서 여기 써먹을 줄 몰랐다고? 인생을 누가 아냐 자 벗어 벗어—바지를 벗은 형이 마이크를 들고—태양은 묘지 위에 붉게 타오르고 벗어! 벗어! 나 이제 가노라 벗고! 벗고! 저 거친 광야—나도 노래를 불렀다 하느님이 보우하사 우리 노래방 만세—푸른 옷에 빨어! 빨어! 흘러간 빨어! 빨어!—정말이지 오랜만에 아버지는 없었다 살로 뭉쳐진 형제애뿐이었다

눈과 오이디푸스
— 형제의 소풍 2

1차도 3차도 없는 술자리는 늘 2차였다 술잔에 갇힌 새침한 술, 아니 생은 한숨을 몰아쉬었다 요즘은 술맛이 나야지 살맛이 또또또또 형은 옛날로 돌아갔다 십수 년 전, 그러니까 백수광부나 처용의 시절보다 더욱 아득히 느껴지는 시절, 학원강사, 넌 운동을 한 게 아니야, 데모만 하고 박수만 친 거지, 사랑이 없었지 엉? 또또또또 형은 시대를 독점하려 하는군, 아버지처럼. 지금은 형이 미쳤고 동생은 미치지 않았다는 것만이 진실이야 또또또또 세게 나오는데 1층 옥탑방 공사는 거스를 수 없는 시대의 흐름이야 그건 2층까지 올라가지 못한 우리 아버지들의 허무야, 알겠어? 또또또또 아버지 타령 그건 다만 형의 엄살, 사치일 뿐이야 또또또또 누가 말꼬리 놀이 하쟀어 나는 운동을 사랑했느냐, 사랑했다면 한국 사회의 최대 중병인 학원강사질이냐 엉? 또또또또 불평이야 학교에서 유명했던 사람, 왜 형과 사투로 쌍벽 이뤘던 정수 형, 우리 옆 학원 원장이야 또또또또 6·29 때 들어가고 노동운동 했던 미정이 누나 우리 학원 원장이야 또또또또 IS사건으로 도망 다니던 철규는 옆 학원 강사야, 또또또또 탈반 회장 있지, 갠 우리 학원 강사 또또또또 그때 우두머리들은 미쳤던가, 정치판에 갔던가 언론으로 갔던가 또또또또 시시한 애들은 학원의 품에 안긴 거지, 어머니의 품처럼. 또또또또 우리 학원엔 NL이 많고, 옆 학원은 PD가 많아 그으래? 형은 두 눈을 부라리며 또또또또 술잔만 응시했다 저 의연한 표정은, 언제였던가 형은 전 사설 학원의 '요

새화' '혁명의 기지화'를 꿈꾸고 있는 것 같았다

눈과 오이디푸스
— 거울 앞에 선 내 누님이여

난 천성적으로 누구를 미워하지도 못해
그냥 착하게 살며, 섹스에만 충실하지
세상이 평화로웠으면 좋겠어, 전쟁이 나도
별 불만은 없지만
나야 뭐, 사상 때문에 죽을 염려는 없으니까
나처럼 외모가 대충 받쳐주는 여자는
인민군한테 잡혀도 죽지는 않을 거야
기껏해야 인민군 장교와의 로맨스랄까
그것도 나쁠 것은 없지
시(詩) 같은 사랑보단 창녀 같은 사랑이 좋겠어
어렵지 않게, 서로 느끼고, 원하고…… 멀어지면
휴대폰 번호와 단골 카페를 바꾸면 그만,
그것도 나쁠 것은 없지
세상이 어떻게 바뀌든 사랑과 이별은 영원한 것
착하게, 모두 착하게 섹스하기를 바랄 뿐이지

눈과 오이디푸스
— 역사적 삐침에 대하여

형이 장자의 달콤함을 버리고
놀자! 노자 스피노자의
사과나무 아래를 지나서 유물론자(唯物論者)가 되었을 때
훗날 유물론자(遺物論者)가 될 줄이야 누가 알았으랴
민족중흥의 역사적 사명을 띠고 태어났다는
탄생 설화를 굳게 믿던 형이
친일 반역자! 보수 꼴통! 미제의 앞잡이! 부르주아 반동!
을 외치며, 아버지에게 붉은 맨드라미를 들이댔을 때
광광광—꽈꽈앙! 광광광—꽝꽈콰앙!
엄마 누나 내가
베토벤의 운명 교향곡에 맞춰 섹시한 춤을 추며
아버지의 몰락을 찬양했을 때
고양이의 눈처럼 미묘하고 촉촉하게 다가오는 죄의식을
아버지가 아버지이기 때문에 아버지였다는 사실을
누가 알았으랴, 그리하여
목숨이 사랑과 한몸으로 포개지던 상징의 시대는
짐 싸든 뺑덕어멈 심봉사 떠나가듯
빠이빠이— 빠이빠이야로 가고
아, 재미없어. 졸려, 시시해. 투덜투덜대던 형이
어느 날 결정적으로
아버지가 되겠다고 나설 줄이야, 또 누가 알았으랴

눈과 오이디푸스
— 다모여 회의

자정쯤, 고요한 밤 거룩한 밤을 깨우며 형이 들이닥쳤다. 동생이 들어온 직후였다—이제야 다 모였군, 다모여 회의를 시작하겠다—형은 장관들이 수해 지역을 방문할 때만 입는 작업복을 입고 있었다—저, 저 새끼 또 왜 지랄이야—너 오빠한테 무슨 말버릇이니—욕실로 들어가려던 동생의 말을 누나가 꾸짖었다 모두들 술에 충만해 있었다—너희들, 대체 가족이 일탈의 쾌락을 맛보기 위해 존재하는 극적 장치야? 대답해봐! 아니, 너희들의 행동이 그렇다고 하고 있으니 대답할 필요도 없어—형, 지금은 밤이야 조용히 좀 해—내가 말했다—넌 뭐야?—대입학원강사—나약한 새끼, 성명서를 발표하겠다—성명서 형식을 띤 주술을 형은 유난히 좋아했다—우리들이 아버지를 부정한 것은, 아버지가 부정적으로 살았기 때문이다 자신은 부정적으로 살면서 가족들에게 긍정을 강요했기 때문이다 그런데 지금 우리들은 우리가 그토록 분노했던 아버지의 부정만을 옹호하고 있지 않은가 부정으로 꽃피는 쾌락의 시대. 노동, 사랑, 이상을 향한 지난날의 숭고함은 모두 어디로 갔는가, 어느 순간이든 우리들에게 부족한 것은 긍정이었지 부정이 아니었다, 오늘부터 내가 아버지가 된다 너희들은 그동안 충실했던 방종을 향해 사직서를 쓰도록—여동생 너는 법무부장관. 학원강사 너는 행자부장관. 온라인의 깡패 너는 국방부장관. 어머니는 불륜방지위원장. 모두들 '내 말에 복종할 것' 다모여 회의의 이름으로—형, 누가 뭐라고 해도 지금은 밤이야 제발 조용히 좀 해—오빠의 어떤 아픔이나 정당성으로도 아버지만은 안 돼. 절대로—이런 엿 같은 새끼, 아버지가 되겠다고 아버지의 아 자(字)도 모르는 놈이—동생이 형의 멱살을 잡았다—당신의 시대는 끝났어. 아쉬우면 지난 시대로 가버려…… 가, 가, 갈라져 씨벌놈아—악!—형이 방바닥으로 쓰러졌다—아아, 네가 감히 형의 멱살을…… 이승만 박정희 아버지 군대 삼만을 급히 보내주십시오, 뒹구는 당신들은 언제나 잠 깨어 일어나실 건가요—나는 살아 있다는 것에 여전히 무력감을 느끼며, 형제들을 바라봤다—인생은 허구이다, 허구가 아니면 절대로 인생이 아니다

눈과 오이디푸스
— 아버지 연구소

1층 옥탑방 똥색 바람벽엔 오래된 사람들이
치욕과 몰락의 꼬리에 꼬리를 물고 황혼 속으로 사라져간
이승만 박정희 전두환…… 이른바 아버지의 초상들이
여전히 카리스마를 놓지 못하겠다는 듯
손을 흔들고 눈을 부릅뜨며
섹스 따위는 한 번도 하지 않았다는 맹세를 하듯
엄숙한 표정으로…… 이른바 아버지 연구소 소장님의 초청으로
망명중에 있었다

연구소 소장님의 단호한 의견에 따르면
그들은 쿠데타로 정권을 잡아 조국의 민주화에 초석을 마련했고
법 위에 군림하여 부와 권력을 독점하는 것으로
인간 평등과 법의 소중함을 삼천리 강산에 메아리치게 했으며
사상의 자유를 탄압하여 민중문학 민중예술의 부흥기를 이끌어냈다
연구소 소장님의 단호한 양심선언에 따르면
이른바 아버지들은 노동자들을 탄압하여
대한민국 노동운동의 성스러움을 세계만방에 고했으며
성고문을 자행하여 인간의 존엄성을 일깨웠으며
학생운동을 탄압하여 청춘들의 순결성과 희생정신을 한

껏 고양시켰고
뭐, 더 탄압하여 조국의 미래에 이바지할 것이 없나
고뇌하는 동시에
한편으로는 활동이 미진한 부문엔 더욱 가혹한 폭력을 선물하여
살아 꿈틀거리는 조국 건설을 위해 불철주야 노심초사했다는 것이다

이, 이건 틀림없는 사진이야, 사실이고
아버지 연구소 소장님은 하지만 곧 늙은 황소처럼
낙담하기 시작했다 폭력의 시대에서
폭로의 시대로 넘어온 지금은 마, 말이야
이, 인간을 못 믿겠어 모두 사디즘적이거나
마조히즘적이야, 이 인간은
그날의 숭고한 교훈들은 모두 어디로 갔니, 꼭꼭 숨어버렸니?
그 끔찍한 폭력의 시대를 이겨내며 우리들이
얻은 게 뭐야, 아버지들한테서 빼앗아 우리들이
나눠 가진 건
섹스 폭력 초법 뭐 이런 것뿐이잖아?

눈과 오이디푸스
— 1층 옥탑방 2

나체와 니체와 무의식이 빚은 권태를 베개 삼아 너희가 태평하게 잠자리에 들 때는 나도 엄청나게 태평하게 잠들기를 바라는 바람에 흔들리는, 아버지라는 유구한 보석을 끌어안고 너희들의 꿈으로 떨어져 내리는 중이다, 선장 없는 배의 선원들아, 소용돌이 물살에 닻을 맡긴 채—니들? 언제까지 고아로 씨벌 발기 달해 밤 드리 노닐기만 할 것이냐 아아, 아버지, 불행한 아버지, 가련한 아버지, 또한 아버지가 마감하지 못한 문장들의 마침표를 이 밤에도 잠꼬대 중인 너희들이 찍어야 한다, 나체와 니체와 무의식에 아버지라는 한 그루의 월계수를 심어야 한다 어즈버! 아버지의 이름으로: 바르게 살자!

눈과 오이디푸스
— 군세어라 가족아 1

저놈이 연일 써대는 성명서 땜에 지붕이 무너져 내릴 것 같아, 망할 자식—왜 저놈은 아버지의 추억을 독점하려고 할까, 우리에겐 아버지를 그리워할 권리조차 나눠 주질 않으니, 젠장—장자(長子) 혼자서 아버지를 쓰러뜨렸다는 얘기지, 지가 아버지가 되겠다는 망상에 사로잡혀 있는 거야—어림없는 소리, 우리가 곁에 있지 않았다면 일 따윈 없었어, 절대로—뜰 밖의 맨드라미를 준비하자, 저놈마저 쓰러뜨리자—안 돼, 저놈을 쓰러뜨리면, 다음은 또 우리 중 누구를 쓰러뜨려야 하지, 그다음은—맞아, 죽고 싶어 환장한 놈을 뭣하러 건드려, 저놈 말 못 들었어, '**목숨을 끊는 형태로 살인자의 죄를 뒤집어**'*쓰고 싶다는—어두운 놈! 우리에게 또 죄를 씌우려는 놈! 죽이지도 살리지도 못하겠는 놈!—어쨌든 옥탑방에서는 끌어내리자 그리고 인권선언이든 홍범십사조든 만들어보자—그래, 육탄방어든 육탄정복이든 덤벼나보자—아, 모두 다 신이 나는구나—아버지가 쓰러지던 날이 떠오르는구나—저놈이 탈출하기 전에 우리가 탈환하자꾸나—그러면 돌격하자꾸나!

* 프로이트, 「인간모세와 유일신교」에서.

눈과 오이디푸스
— 착한 동생, 사랑나기 2

난 집을 사랑하지 않아, 엄마만 사랑해—넌 엄마도 사랑하지 않아 너만 사랑할 뿐이지 오직—한마디씩으로 탐색전을 끝낸 형과 동생이 드디어(이 얼마나 상투적인 표현인가) 엉겨붙었다 니가 나를 모르는데 난들 너를 알겠느냐 나는 축하 노래도 슬픈 노래도 아닌 노래를 불렀다 속으로—나, 나가 나가서 아주 돌아오지 마라—형과 동생은 씨름을 하듯 방 한가운데서 씩씩하게, 거리고—나, 나 안 가 모든 세상의 애새끼들은 엄마랑 있기를 원해 집에 계속 있겠어—형이 한마디하면 동생이 한마디하고 언제까지 우리의 삶은 난형(兄)난제(弟)여야 하는 것일까—조, 좋아 그럼 오이디푸스처럼 이 일단 여행을 가고 나서, 갈림길에서 마차…… 네 이놈—네 이놈…… 엄마와 나의 관계를 생각해서 집을 나가라 마라 지랄 떨지 마—사랑 사랑 누가 말했나아……아…… 형제들의 이야기라고오……오…… 우아한 원피스 차림, 느긋하게 팔짱을 끼고 관람하는 누나도 노래를 부르고 속으로 있을까—제발 떠나줘— 세, 세상 애새끼들은 모두 엄마의 성기를 사랑해—다, 죽일 놈들이지 나, 나가— 나, 나 안 가— 딱 포개진 형과 동생의 힘이 부들부들 떨어졌다 왜 평화는, 저토록 안간힘의 떨림이어야만 하는 것일까—패대기쳐!—드디어(이 얼마나 상투적인 표현인가) 엄마의 목소리가 터져 나와 긴장의 끈을 싹뚝 자르려고 했다 —엄마! 지금 누가 누구를 패대기치라는 거야?— 누나는, ending을 처리하는 교향악단의 지휘자처럼 두 손을 허공으로 탁! 쳐올리며

눈과 오이디푸스
— 아울리스 항의 이피게네이아

너는 아버지 성(姓)을 따르고 있으니까 엄마하고는 성(姓)이 다르니까 엄마하고 가능하다는 얘긴데, 뭐든 상관없어 다만 아버지의 여자를 빼앗는 것은 절대로 묵과할 수 없다, 형이 동생을 향해 말하며 우리들을 향해 말했다, 귀를 막을 겨를도 없이 동생은—업어 치나 메치나 '결사반대'의 개소리지— 효도의 방법에 대하여 논쟁을 벌이는가, 형제여—어머니는 노련한 암캐처럼 앉아서 그 모든 얘기가 칭찬일 수밖에 없다는 표정이었으나 나는 송시열과 허목의 예송 논쟁을 떠올리며, 누구를 귀양 보내야 좋을까—그때 또 동생의 천진난만한 바람이 불어왔는데, 요즘 점점 늦어지는 엄마의 귀가 시간을 생각해봐, 엄마의 건강한 성욕을 누군가는 책임을 져야 할 것 아니야—푸르르 푸르르 몸을 떨며 형은 우리들에게 도움을 청하는 눈길을 보냈으나, 나는 그 눈길을 건지 않았고 속으로—나나 귀양을 가자, 그래—했는데, 그때 또 누나의 천진한 바람은—진부해, 왜 만날 엄마만 갖고 그러는 거야, 내 얘기 좀 해봐—**가족 일동: 개년!** 부르르 몸을 떨며 형은—어떻게 눈도 찌르지 않은 놈이 이런 얘길 할 수 있을까, 오이디푸스의 뺨을 후려칠 놈! 엄마도 조심해, 만일 저놈과 붙어나는 날엔 양 대신 엄마를 아버지의 제단에 올릴 테니까—아울리스 항에서 딸을 생각하는 아가멤논처럼, 형은

눈과 오이디푸스
— 굳세어라 가족아 3

어머니는, 오늘도 월세를 걷을 수가 없구나 이것만이 나의 고통, 삶의 보람이구나 이젠 너희들이 나서야겠다—차라리 상가를 폭파해버려, 6 · 25 이후 이산가족 아픔도 느낄 수 있고, 좋잖아—1층 옥탑방 소장님의 눈은 추억의 물기가 축축했다 가령—눈보라가 몰아치는 바람 찬 흥남부두에—그래 그게 낫겠어, 우리는 한집에 살아도 이산가족이니까 밑질 것도 없지—누나의 물기 젖은 입술이 발름거렸다 가령—금순아 어디 있느냐 너를 잃고 헤매었더냐—아버지 때는 족치면 됐거든, 그런데 민주화된 세상이라고 월세 안 내기 연합회를 결성하니 빌어먹을!—엄마가 벗어 쥔 하이힐을 들어 바닥에 패대기쳤다 가령—피눈물을 흘리면서 1 · 4 이후 나 홀로 왔다—전술이 잘못됐어 엄만, 1층 옥탑방 소장님은 구정대공세를 준비하는 호치민처럼, 현 정세를 파악해봐 요새 말로 해서 누가 월셀 내, 엄만 하이힐을 벗지 말고, 치마를 벗었어야 했어 가령—금순아 보고 싶구나 고향 꿈도 그리워진다—차라리 상가를 폭파해버려! 금순이가 전방에 수류탄을 던지듯 누나는 이를 뽀드득 갈았다 가령—영도다리 난간 위에 초생달만 외로이 떴다—난 이산가족이 싫어! 가족 단체 포르노 관람도 해야 하고 엄마도 지켜야 하니까, 엄마는 나랑 헤어지면 금세 바람이 난다니까 정신없는 틈바구니에서 동생의 양심선언이 나올 줄이야—넌 또 그 얘길, 지겹지도 않니—그럼 뭐 하자는 건데—우리는 뭐 하자는 걸까 도대체 살면서 뭐 하자는 걸까 시간만 깎아

먹으면서 시간만 때우자는 것일까, 죽을 때까지. 그렇게는
누구도 얘기하지는 않았지만

눈과 오이디푸스
— 기관들 없는 신체

재네들은 뭐야? 왜 저렇게 소리를 지르며 난장을 떨지, 느끼해 그냥 강아지 앓는 소리처럼 낑낑대면 좋을 텐데 몸매는 엄마보다도 못 하네—그러면서 동생이 찹쌀떡 한 개를 꿀떡 삼켰다—너 지금 누구 이름을 댔어 이 새끼가, 제정신이야—그, 그냥 말이 빗나갔어 별걸 다 갖고 시비네 정말—얘들아 제발 사이 좋게 지내라 설날도 되고 했으니까 하여튼 저 아이 몸매가 뚱뚱하다는 건 한눈으로 봐도 알겠다 그래도 젊으니까 좋아 보인다—약간 들뜬 목소리로 엄마가 말하며 침을 꼴깍 삼켰다—자본주의는 Sex 빼면 시체야, 시체 가장 큰 경쟁력이 Sex니까 노동자이자 상품인 저 나체들이야말로 자본주의의 자랑이지—형이 동치미 국물을 꿀꺽 삼키며 말했고—야 학원강사 넌 뭐 느끼는 것 없어—난 돌아버리겠어. 왜 가족들이 오순도순 둘러앉아 Sex 비디오를 봐야 하지?—설날이니까. 또 숨어서 보는 것보단 낫잖아 〈가족 단체 관람〉이 매일 있는 것도 아니고—누나가 커피를 꼴깍이며 말했다—어, 어쭈구리 이번엔 뒤집어져서 하네, 골고루군—그러면서 동생이 또 찰떡 하나를 꿀떡 삼켰다—요즘은 돈만 된다면 성고문도 자청하는 시대니까 세상 좋아졌다고 해야 하나?—오빠는, 자청하면 성고문은 성립이 안 돼, 그냥 변태지—그런데 서태지는 뭐 한데?— 컴백 준비한대 아—저, 저 체위…… 엄마 저 자세로 할 때 기분 알아—나는 다 잊어버렸구나—저 저때는 거꾸로 매달려서 놀이기구 타는 기분이야 야호!

우리, 우리 설날은 모두 모여 있으면서 동시에 아무도 없었다

눈과 오이디푸스
— 아버지의 이름으로 2

아버지가 살아 있을 때는 정말 걱정이 없었지, 그분은 모든 것을 해냈으니까 조국의 근대화에도 앞장섰잖아 그게 어디 쉬운 일인가, 따라가는 것도 바빴던 시절에—그래 자나 깨나 애국애족밖에 모르는 사람이었어, 왜 땅굴 발견했을 때는 죽을 뻔했잖아 화병으로—돈은 얼마나 개처럼 벌었니 지금까지 우리들이 정승처럼 쓰고 있잖아—맞아, 그러니 아버지가 짊어진 짐은 얼마나 무거웠을까 그에 비하면 그의 타락과 부패는 새 발의 피지—맞아, 아버지가 할아버지한테 했던 독백도 멋있었어—뭐라고 했는데—왜(倭)의 종으로 살았던 아버지여, 나라 잃은 당신의 잘못을 용서해드리지요—오 마이 갓, 오빠 멋지다 꼭 아버지 같아 근대 용설 안 했으면 어쨌을까—원자폭탄을 개발했을 거야—그럼 아버지라면 그것도 문제없었을걸—지금처럼 우왕좌왕대는 우리들을 보면 아버진 뭐라고 할까—몰라서 물어, 차렷! 우향우! 좌향좌! 안 되면 되게 하라! 꺼진 불도 다시 보자!—지금 뭐야, 죽은 사람이 말을 하고 있잖아—그게 어때서? 죽은 사람 걱정 말고 너나 주체 잘 해—난 주체 안 해, 주체하려면 강력해야 하고 총 같아야 하잖아 주체는 너무 힘들고 어려워—그럼 주체는 누가 하나

눈과 오이디푸스
— 애국의 길

배달이나 시켜 먹자 누가 뭐래도 우린 배달의 자손이니까 대문에서 떼어온 전단질 앞에 놓고 형이 진지하게 말했다—오빠 좋은 생각이다, 옛날엔 '배달의 뉴스' '배달의 민족'도 있었잖아 우리나라가 얼마나 배달을 좋아했으면. 치마 속으로 손을 넣어 사타구니를 긁던 누나가 맞장구쳤다—난 '편집삼계탕!' 형의 말을 난 '분열알탕!' 동생의 말이 타고 올랐다—하여튼 성질대로 시키는구나 그럼 난 '재혼삼선짬뽕!'—누구도 놀라워하지 않는 가운데, 형이 메뉴판에 동그라미를 쳐나갔다 학원강사 넌 뭘 먹을래—나,난 '반편집삼계반분열알탕'—나약한 자식 형의 말을 호호호, 난 오빠가 시켜줘 누나의 말이 감았다 누나는 코를 벌름거리며 손가락에서 피어나는 사타구니 냄새를 맡고 있었다—넌 '기생자장면'이나 시켜라—그래도 동생한테 기생자장면이 뭐야, 넌 재가 기생되길 바라는 거니 뭐니 엄마가 꽤 바른 소릴 했지만—엄마, '호스티스스파게티'는 없어, 그건 이탈리아 주방장이 메뉴판을 들고 튀었어—동생이 메뉴판을 빼앗아 형이 친 동그라미를 검사했다 완전 콩가루 집안이네 어떻게 같은 메뉴가 하나도 없어—분명 침묵이 필요한 대목이었으나—난 이게 좋아, 누나가 냉큼 동생의 말을 받아먹었다…… 요즘은 '내 가족만 잘되면 세상이 망해도 좋다'잖아, 그에 비하면 우리 가족은 진정 애국자야—민족주의가 퇴색하고 가족주의가 득세하는 이때, 정말이지 우리 가족은 오직 사해홀로주의를 위해 만날 싸우고 있었다

눈과 오이디푸스
— 낭독의 기쁨

유세차! 지조 높은 개는 아버지를 모셔본 적이 없으며 그래서 아버지로 살 까닭도 없으며 더불어 다른 아버지를 모실 필요가 없으며 그러므로 누구에게 아버지를 강요할 여지가 없으니 따라서 오늘도 도처에서 꼬리에 꼬리를 치며 씌어지는 '아버지 극'을 거부하노라 감소고우! 지조 높은 개는 산은 산, 물은 물을 믿지 않으며 그래서 교황의 신년 메시지 대통령의 광복절 기념사도 믿지 않으며 더불어 TV, 스포츠 영웅, 지식계, 경제계, 정치계, 연예계, 조직폭력계도 믿을 여가가 없으며 그러므로 순수도 믿지 않으며, 그들은 다 아버지이기 때문이라 호천망극! 지조 높은 개는 높은 저출산율, 높은 이혼율, 높은 자살률, 높은 해외입양률로 세계를 선도하는 대한민국에 자긍심을 느끼니 그래서 아버지를 다시 세워야 한다는 것은 아니며 더불어 이것이 아버지에게 물려받은 소중한 자산임을 자각하며 따라서 아버지의 억압으로부터 해방된 자식들의 '어지럼증'에 주목하면서도 어디로 가야 할지 앞길이 막막한데, 일단 아버지의 제상을 몽땅 태워버리는 것이다 상향!

지조 높은 개들 일동!

동생: 좀 짧은 느낌이 드는데—형: 넘어지는 것이 아니라 넘어서는 것이 중요하다고 한 줄 더 읊어—학원강사: 넘어지지 않고서는 넘어설 수도 없어—**가족 일동: 나약한 놈!**—엄마: 그런데 우리 가족만 이렇게 행복해도 될까—누

나: 엄만, 우리만 행복하면? 조선일보 한겨레 신문기자들이 가만 놔뒀겠어 근데 기척도 없잖아 다 똑같아—

눈과 오이디푸스

— 착한 누나, 사랑나기 3

아, 슬퍼. 벌써 개가 그리워져…… 따져보면 슬플 것도 그리울 것도 없는데…… 섹스 말이야…… 지칠 때가 있어 섹스하며…… 지금 섹스하나 이런, 좀 한심해질 때—누나는 그러면서 끝없이 그려댔다 꽃피는 춘삼월 올챙이 헤엄치는 시절도 아닌데, 칠칠치 못한 누나는 환자맞춤형배아줄기세포 키우는 박사님도 아닌데—인간의 번식욕구(Sex)는 죄악이래…… 그래서들 죄다 숨어서 섹스하는 거래…… 떳떳하지 못하니까—누나는 또 하염없이 만 그려댔다 저런! 사랑의 승화법이 있을 줄이야 칠칠치 못하다 칠칠치, 도대체 누나의 연애는 칠칠이 사십구 살은 먹어야 정신을 차리려는가—난, 뭐 번식 욕심은 없으니까 그냥 그냥 그리워—백합 향기 은은하던 소녀 시절의 일기장을 버리고 장미 향기 풀풀 나는 화장품을 처바른 누나의 사랑, 개구리서 올챙이로 탈피하는 누나의 사랑엔 몇 개의 별을 주어야만 할까 개념 없이 꼬리 치는 올챙이의 대가리 위로 누나의 콧물이 뚝, 떨어졌다, 포스트모더니즘이 따로 없었다

눈과 오이디푸스
— 안녕, 발가벗은 영혼아

모닥불 가에 아기자기 앉았으니 참 동화적이다 멀리 뛰어가서 너희들을 바라보고 싶구나 엄마가 모닥불을 째려보며 종알거렸고—다 곰이고 늑대 새끼들인데, 그따위 소린 집어치웠으면 고맙겠어 형이 엄마의 뒤통수를 냅다 갈기며 투덜거렸고—넌 아버지 제상을 태우는 언덕에서마저 꼭 시빌 걸어야겠니, 겠어! 주먹으로 형의 어깨를 찍어 누르며 동생이 외쳤고—관둬라, 우리가 아버지 제상을 태우는지 장작을 태우는지 미국이 알겠니, 일본이 알겠니, 난 행복하단다 누나는 나 몰라라 재잘거렸고—그래 노래나 부르자, 우린 망가질 대로 망가져가고 있으니까 내가 누나의 등짝을 후려치자 **합창단: 모닥불 피워놓고 마주 패면서 우리들의 엄살은 끝이 없구나**—밤이 깊고 아버지란 불씨가 해맑갛게 가라앉을 무렵, 가족들은 앞서니 뒤서니 바지를 까 내리고 불을 끄기 시작했다—모닥불이 꺼지면 어떡하지—뿔뿔이 헤어져야지—근데 왜 우리가 헤어져야 하지—날이 밝으면 또 아버지가 되려고 난리를 칠 테니까—야, 오줌 줄기들이 서로 엇비슷하다 역시 우린 가족이야—아버지 제상까지 태웠으니 이젠 가족도 아니야, 단독자지—단독 드리블은 알겠는데 단독자는 뭐야—새아버지를 세우면 안 되나—그러려면 광개토왕, 칭기즈칸, 알렉산더, 마르크스, 이승만, 김일성 아버지들의 기록을 깡그리 지워야 하는데, 그게 가능하겠어—맞아 기록이 있는 한 새아버지도 헌아버지일 수밖에 없어—개새끼들아, 단독자가 뭐냐고!

눈과 오이디푸스
— 세상 어머니들의 노래

어미의 역할을 끝났다
다시 아가씨가 되어야 할지
재빨리 할머니가 되어야 할지
가불가(可不可) 어렵구나
아가씨가 되면
또 나는 아들의 아들을 낳아야 할 것 같고
할머니가 되면
괄시가 벌떼처럼 달라붙겠지
살다 살다보니, 인생은 어렵구나
하지만 무엇으로 살든 나는 기억하리라
썩은 동아줄을 타고 하늘로 오르다가
떨어져서
수수깡에 똥구멍을 찔렸다는 호랑이의
쓰라린 아픔,
서정시도 서사시도 아닌 똥구멍 같은 우리의
자화상을, 나는 그리워하리라
세계에 살아 있다는 것보다
깊은 것은 존재하지 않느니
사랑하지 않은 것이 아니라
단지 서툴렀을 뿐이려니

2부

뿔!

오르페우스, 그 겨울의 시작

1

그 시절 나는 잠을 잘 수 없었다 계속 잠들어 있었으므로. 내 육신(肉身)을 가운데 두고 형과 친구들이 싸웠다 그들은 서로 나의 장례(葬禮)를 책임지지 않겠다고 했다 귓밥에 혀를 낼름대던 고양이가 나를 타고 넘었다 재수 없어, 재수 없어 어둠에 잘리는 고양이 꼬리를 보며 그들은 인상을 구겼다 나는 그 어떤 날새〔鳥〕보다 깔끔하게 울었다

2

전화는 멀쩡했지만 불통이었다 전화국에서 내 전화를 고장 냈던 것이다 난처한 표정을 짓던 형은 어딘가로 전화를 걸었다 119지요, 예? 조금이라도 살았냐고요? 아니요, 완벽하게 죽었습니다 아, 예 죽은 사람은 취급 않는다고요 얼굴에 파리가 앉았을 때는 간지러웠다 정신은 이렇게 말짱해도 될까, 나는 양심적으로 괴로웠다 그리고 한참 후 쓰레기 봉투를 든 청소부가 나타났다

3

이런 쓰레기는 질색입니다 청소부는 가위로 내 머리카락을 자르며 말했다 죽음이란 놈은 번개의 불줄기같이 섹시하긴 하지만 당최 잡을 수가 없습니다, 어째 소각장까지 동행하겠습니까 밤마다 꿈은 부풀어 터질 것만 같았다 60킬로그램의 무게가 꽉꽉 밟혀 20킬로그램, 종량제 봉투에 다져진,

다져진, 다져진 아아 그곳은 포탄 속처럼 고요했다

4

왜 단 한 명밖에 없었던 목이 긴 여자는 떠나갔을까 손가락으로 바람을 찍어 입으로 가져가는 여인이 있었다 나는 진실로 외롭고 쓸쓸하고 착한 바람에 눈물을 흘리려 했으나 군침이 흘렀다 편리한 대로 하라지 잠의 봄 속에서 몇 번이고 그녀가 멀리서 돌아온다는 소식을 들었지만, 나는 그때마다 치를 떨었다 가슴에는 폭풍처럼 숨을 몰아쉬며 이별이 건강하게 살았고 나, 나는, 소멸은 과연 어디를 향한 출구인가

5

아아 거울 속의 겨울처럼 기억은 겸손도 하구나 눈 내리는 언덕 위에서 나는 그 애달던 리라의 곡조를 삭인다 아—흐, 에우리디케여 뜨거웠던 그 여름이여, 젊은 날 우리는 왜 그렇게 통곡했던가 왜, 우리는 그리도 죽고만 싶어했던가 공기가 처음 시작되는 길목에서 백합 향기 어지럽던 애증(愛憎)의 꽃씨 묻는다 새벽 벌판의 나무가 휘파람 불며 몸을 씻을 때, 눈처럼 하얀 저 먼동의 일기장으로 그리하여 나는 나를 넘기리라

폐업한 술집에 흐르는 희망

폐업한 술집을 찾아갔다
음습한 어둠이 좋은 친구로 남아 있었다
주인 여자가 앉았던 자리엔
흰 곰팡이가 피어나고
방귀 냄새를 먹고 버섯들이 자라고 있었다
타다 남은 초에 불을 밝히자
어둠이 아주 못생겨졌다
나는 오래도록 입을 다물고
모든 것을 얘기했다
사랑의 기도들은 은밀하고도 위험했으며
감옥은 항상 열려 있었다
그때 우리는 애끓는 꿈 덩어리였고
저녁이면 술처럼 모든 것이 허무했다
이제 이곳은 누구도 찾아오지 않는 곳
곰팡이와 어둠의 세상
나는 오래도록 눈을 감고
모든 것을 봤다
하나 둘 셋…… 떨어지는 꽃잎을 세며
하루 종일 울고 있던 청년들
폐업한 술집 지붕 위에 높이 뜬 별처럼
내 갚지 못한 외상값과 눈동자들이 반짝인다
감옥은 항상 열려 있다

우울

어느 날 삽이 있었다
물 아래로 지나가는 다리에 앉아
요즘 나는, 토끼는 생각한다
방은 그리 넓지 않고, 하지만
방의 크기에 비하면 가구는 낡은 것이 아니다
어느 날 삽이 있었고
한낮치고는 태양이 너무 밝다
어느 날 삽이 있었고
물 아래로 지나가는 다리에 앉아
요즘 나는, 토끼는 생각한다
생은 따분한 익살 속에서
그저 뜻밖의 기적을 바라며
물 아래서 눈을 감고 꿈만 뜨는데, 하지만
거울이 멀쩡한 것에 비하면
토끼와 나는 친한 것도 아니다
아, 삽!
결정적으로 어느 날 삽이 있었다

권태 1

슬픈 노래는 가고 기쁜 노래는
떠오르지 않는다
거렁뱅이처럼 떠는 바람아, 아라차
꿈에서 깨어나니 또 꿈인데
아침은 시들기에 싱싱한 시간이다

나의 위대한 사상이 맘에 드느냐
그럼요, Teacher! 이미 알고 있던 농담인걸요
오오오 재미없어
절망의 절벽에서
철없는 아이처럼 노니는 내 영혼아
제발 떨어지거라

며칠 전 나는 그 벼랑길을 산책하다가
걸어다니는 슬픔을 만난 적이 있다
그 늙은 새는
이곳은 참으로 먼 유배지구나
나는 그때
조금 재밌으려고 했다
정붙이고 살면 그만이다
완전히 심심해져 에잇
빨리 병원에 가서 오줌이나 눗커라

세상이여, 내가
네 말을 들을 것 같으냐
겁도 없도다 빌어먹을 것도 없도다

우리가 바람이 다리를 가지고 있다고 믿어야 하듯
우리의 어린 나이도 문 앞에서 졸고 있음을 알아라

고양이

신령님이 세상을 다스리고
한 방울의 피도 본 적이 없던 시절
유독 죄를 즐기는 한 놈이 있었다
신령님이 붙잡아, 옷의 한쪽을 찢어
놈을 씌우고
바느질을 한 후 걷게 만들었다
고양이가 귀엽고 얄밉게 보이는 건
고게 죄 덩어리이기 때문이다
온몸에서는 죄가 바글바글 끓고 있다
……죄에 절은 눈…… 타! 타! 타버려!
양지의 고양이 갸르릉갸르릉 잔다
즐거웠던 시절을 그리워하며
죄 져보고 싶어…… 기다린 오랜 나날들이 지겨워……
냠냠……
지겨워 잠을 잔다 그러다가
몸 안의 죄 덩이가 불끈불끈 발버둥 칠 때
게슴츠레한 눈 앞발을 치켜들어 목을 박박 긁어댄다
설렁설렁 물어뜯을 것을 찾아 떠난다

권태 2
— 슬픔의 밖

미아리 Texas에서 Tip에 대하여 싸웠다
C가 C발 새끼 더럽다 G를 바라보았다
G가 G좆만한 놈! 꽉 밟아버린다!
B가 B┬랄 B┬랄 말이지, 응? 킥킥킥
B처럼 BB┬연 담배연기 사이로
J가 J에미 욕지껄 좀 작작해 씹새끼들아
마담 K를 거꾸로 돌리자 Y가 되었다 B러먹을!
B가 P처럼 내렸다 탈영병의 K-1 소총처럼 왜
SEX는 항상 난사일까 마담 K가 말했다 그녀의
B서 흘러내린 정충들이 기어갔다 빗속으로,
C가 K의 빰을 갈겼다
C, C발 년! 난사 좋아하고 있네, 난 살고 싶어!
J가 울고 있는 K의 Y에 얼굴을 박으며 외쳤다
J발 조용히 해
우린 B 밖으로 밀려났을 뿐이야

유배지에서 보낸 한철

전화가 한 통도 오지 않았다
나는 하루 종일 잠의 꿈속에서 헤맸다
달걀을 가지고 내 이불로 한 여인이 들어왔다
그녀는 오래전 같이 죽자고 말한 적이 있었고
나는 그때도 죽기엔 너무 지쳐 있었다

눈을 뜨자 난방통제 장치-고장에는
빨간불이 들어와 있다 벌써 며칠째인가
전화는 한 통도 오지 않았다 사람들은 모두 떠나갔다
돌아오지 않는다는 것도 알고 있다
고독은 괴팍하고
그래서 꿈속의 악령이 고마울 때가 있다

방바닥에 뻣뻣한 종이로 남은
이상의 집을 방문한다
萬若자네가重傷을입었다할지라도피를흘리었다고한다면
참
멋적은일이다*
낄낄낄, 그럼 네가 한번 달걀을 부화시켜보시지
소월 이상 기형도 보들레르 랭보 아폴리네르
사람들은 끓는 몸을 참지 못하고 자살했고
고통은 언제나 불완전하다
난방통제 장치-고장에는 빨간불이 들어와 있다

잇달아 전화벨이 울렸다
모두들 내게 미안하다고 했다 자, 잘못 걸었다며

* 이상의 시 「BOITEUX · BOITEUSE」에서 인용.

권태 3
— 나는 지금 책 종이에 손가락을 벤 사람처럼 수줍어하는 중이다

이 봄엔 기필코 나를 사랑하게 하겠노라
고 Girl, 사랑하는 Girl과 술을 마셨다
Girl과 술을 마시고 취했을 때(빌어먹을!)
나의 ego는 Id로 퇴화하고
Id는 퇴행을 거쳐
한 마리 짐승 새끼로 가 멈췄다
Girl님, 자고 싶어요
당신의 보제(菩堤)*를 만지게 해주세요, 제발, 발
발이 저려서 눈을 뜨니
나는 담벼락 밑에서 잿빛 토끼처럼 빌빌댄다
ego ego…… 해는 뜰 텐데 또 무슨 낯으로
낯을 살까
발랄한 Girl은 어디로 갔을까
Girl은 깡충깡충 뛰어서 출근했겠지
토끼야 토끼야 물만 먹고 가느냐
편의점에서 생수 한 병을 사들고
난 콩트처럼 살고픈 놈입니다
Girl님,
제발 저를 시험에 들게 해주세요 넵?
정처를 몰라 공원 벤치에 앉았으려니
벌들, 벌들, 벌들은
뭐가 좋아서 저리 꽃밭에서 앵앵댈까

어린 벌부터 나이 먹은 벌까지
몇 개의 알을 낳기 위해, Gir-벌들은
봄 지나 가을까지
퉁퉁 부은 사내 맘은 아랑곳 않고
깔깔댈까

* 부처님 지혜인 보리라는 것은, 몸으로 깨닫는 것도 아니고, 마음으로 깨닫는 것도 아닌, 모든 상(相)이 멸한 자리를 말함이다. 보리(菩提)는 원래 '보제'로 발음되나, 발음이 하 수상하여 '보리'로 읽게 되었다고, 고등학교 때 국어선생님이 말씀하셨다.

권태 4
— 흔들리는 집

어머니는 객관을 지키려 했으며
아버지는 주관을 지키려 했다
아들은 사관학교를 희망했고
딸은 여관을 자주 들락거렸다
할머니는 혈관에 있다는 모세를 찾았고
할아버지가 달관하는 가운데
강아지는 상관하지 않았다
저녁이면 타관 사람들처럼 둘러앉아
낡은 금관
악기 같은 바람 소리 들었다
쉐엑쉐—엑, 아픔은 없고
두려움만 쉐엑 있는 일상 아쉐—엑, 모두들
삶에 취해 정신이 쉐—엑 없구나
쉐엑 쉐엑 쉐—엑
쉐엑 쉐—엑 쉐엑, 쉐엑 쉐—엑

봄

여자는 제비처럼
재재대다
꽃잎 터지듯 자즈러지고
내 입은
오뉴월 설익은 보리
까실러 먹듯 뜨거워
꽃피자마자 살피니
비린내…… 비린내
모가지로 길을 내며 흐드러지는
노린내야
자지가 서는 걸 보니
봄이 오긴 왔나보다

팬티 냄새

시를 읽으며, 시인의 팬티 냄새를 맡는다
과연 이 시인은 몇 년 묵은 팬티를 입고 있나

서정주는 클레오파트라의 꽃 팬티를 훔쳤는데
뱀의 똥오줌으로 찌들은 듯, 지독하다

백석이 달밤에 훔쳐 입은 수절 과부 팬티도
황토방 아랫목에서 익는 청국장인 듯, 폭폭 찐다

노천명도 평생 떠도는 남사당패의 팬티를 슬쩍했는데
흘러나오는 것들이 다 고여 핀 듯, 지린내 여간 아니다

소월은, 옛날 백수광부가 벗어놓은 팬티를 얼떨결에
주워 입었다, 그러니 얼마나 꼬질꼬질하겠는가
오천 년 묵은 김치 냄새, 코를 들이밀 수도 없는 구린내다

상투

애완견의 눈빛은 상투적으로 착하고 계절은 상투적으로 돌아간다 오늘 밤에도 바람은 그야말로 상투적이게 별을 스치며 운다

상투를 튼 할아버지의 초상화는 상투적이다

소녀들은 상투적으로 예쁘고 사각형의 평면 위에서 상투를 틀어 올린 사내가 애인의 유방을 쓰다듬을 때 상투는

왜 그렇게 성(性)스러운가

또 상추는 얼마나 상투적으로 삼겹살과 친한가

어느 날 목욕탕에서 형과 나는, 서로의 거시기가 쌍둥이적 상투성을 띠고 있다는 데 합의했다 아마도 벗어보면 누나와 엄마의 거시기도 상투적으로 닮았을 것이다

밥 먹는 모습 똥 누는 모습은 정말 짜증이 날 정도로 상투적이다

우리들은 항상 상투에 목매달고 살면서 상투가 구식이라고 싫어한다

이놈! 나의 상투를 자르려면 차라리 목을 베어라

할아버지의 상투에 대한 옹호가 아름답게 들려올 때가 있다 가끔은

둥굴유리애벌레

그리움을 그토록
아냐며
뭐하자는 거니 뭐하자는 거니
둥굴유리애벌레가 우는
야단법석 신전에서
유우—우—
햇살에 빗질을 하는 사람은

꿈틀대는 게 고작
숨는 거냐며
뭐 트집이니 뭐 트집이니
그 뜻대로 소중한
화려한 춤은 하루도 가지 못하고
가느다란 떨림이여
에이, 새각새각 새우의 걸음으로
넌 당장 도망가버려라

푸로록, 가슴이 아리자
뙤약볕의 웃음이 튄다
간다 온다 기별 없이
너야 뭐, 멀리 뛰어가버렸다
단정한 햇살이 날리는 야단법석의
신전은 고대로 갔다

먼 미래의 옛날이여
날개를 달아야지
미로(迷路)가 부드러운 텅 빈 갈대 속
기어가노라면, 나는
소리인가 흔들림인가 어둠인가
콸— 콸—
아 자꾸 우는 이여
아무래도 난 너무 환장했나보다

양철 지붕이 있는 마을

저 양철 지붕은 온통 찌그러졌다
이리저리 구르다 목을 잡은 개밥그릇 같다
그 집엔 지독한 술주정뱅이가 산다
술에 취하면 지붕 위를 동동 뛰며
소리를 지른다, 사내는 별한테
소리를 지른다
너 만날 거기 있을 거지? 가끔 그는
잠자는 이웃들을 신나라 깨운다
별을 땄다!
저쪽, 저기 내가 별 딴 자국 보이지
풋잠 속에서 하늘을 쳐다보던 이웃들은
사내가 던진 별에 이마빼기를 맞으며
헤헤거린다
엉덩이 큰 아내는 병마개를 주우며
마을을 밤새 돈다
참 이상하지요 별을 사랑할수록 쓸쓸해지니
사내의 늦은 아침 인사는 늘 그러하다
샌님의 그림자에 술집 문턱이 한 뼘은 깎였어요
신나라 이웃들은 손뼉을 친다
요즘 들어 그의 술주정은 더욱 요란하다
삶은 삶, 삶을 돌볼 필요는 없어
살찌는 주름살을 향한 주문은 발악에 가깝다
쾅 쾅, 쾅—쾅

지붕 위를 뛰어다니는 주정뱅이는
종종 어둠을 밟고 떨어진다
그러면 남편을 찾던 엉덩이 큰 아내가 올라와
두 팔 가득 하늘을 품는다
달빛에 그녀의 가슴은 타조 알처럼 익고
하늘로 목을 뺀 이웃들의 머리도
어느덧 울퉁불퉁해졌다 신나라

흔들리는 집

한 사내가 죽음으로써 소설(小說)은 끝났다
그 딸들은 잘 살 것이다
그녀들에겐 아비가 묵인했던 정부(情夫)가 있다
키 낮은 탱자나무 울타리는 튼튼하긴 한데,
규격화됐다는 흠집이 있어요, 화장을 고치는
언니를 향해 동생이 쫑알거린다
탱자나무를 이어 뻗은 길에는 포플러가 서 있다
세월아, 너는 나에게 무엇을 원했던가
언제나 오늘처럼 산다
묘지에서 돌아오며 술 취한 사위들이 악을 쓴다
그들은 포플러 길을 지나 낡은 집에 눕는다
찬양하자, 남편들의 낭만에 대하여
여전히 풍만한 술과 잠의 유희에 대하여
딸들은 길을 나서서 종종걸음 친다
바람이 나자, 포플러 이파리들은 일제히
허연 배를 드러낸다
여자가 까무러치는 모습도 안 보이다니,
이건 소설이 아냐
둘째 딸의 정부가 될 예정인 순진한 청년(青年)은
밤이 깊도록 의심한다
그때도 생기발랄함은 분위기로 펄럭거린다
달아나는 모든 것은 다리를 가지고 있다네
행복하면 그뿐

육신에 갇혔던 영혼아, 햇볕을 보려무나
딸들의 노래는 정답다
비가 내리면 집은 포플러처럼 흔들린다

현기증

그해 우리들은 시 제목으로
진통제가 필요한 시절이라는 이야기를
다투어 썼다
펜잘 화이투벤처럼 세련되지 못한
우리들의 진통제는
학내 여기저기 토악질 자국과 울음이 되어갔고
가끔 교문을 휘저었던 강력한 최류진통제와
죽기 살기로 뒹굴며 껴안았다
시간이 지날수록
진통제에 견뎌내지 못한 꽃들은
메마른 대지 위로 빠알갛게 자꾸만 떨어지고
진통제를 받아들이기를 은밀히 바랐던 우리들은
도서관으로 가 철농을 했다
봄은 그렇게 와서 우리들 곁에 머물렀고
견딜 수 없는 날이면
우리는 어두운 방 한구석에 웅크리고 앉아
진통제를 만들고 있는 시들을, 갈기갈기 찢어버리곤 했다

나에게 살아 있는 증거는 없다

시를 쓴다는 것은
독을 사탕처럼 빨고 있는 것
희망은 부서지기 위해 존재하며
그래서 영원히 희망일 수밖에 없다는 것
사랑은 죽기 위해 가능하며
서로를 오염시키는 게 전부라는 것
시를 쓴다는 것은
우연만이 행위이고
필연은 삶도 아니라는 것
사물을 해석하기보다는 사물에 해석당하는 것
난해함을 해결하기보다는 난해함 속으로 걸어들어가는 것
시를 쓴다는 것은
내 삶 자체가 혁명임을 믿으며
우주에 하나뿐인 시인임을 양심적으로 느끼는 것
불면에 끊임없이 복종하며
미끄러짐의 끝없는 계단에 의지해서, 정신없이
오만한 신들의 양식인 無가 놓여 있는
저 빛나는 산을 향해 올라가는 것
나는 無를 향해 절망한다
나는 無를 향해 소리친다
나는 無의 멱살을 움켜쥐고 으르렁댄다
나는 無의 옷을 벗겨 펄럭인다
어느 날, 시시포스의 바위가 떨어져 내리던 그곳에 서서

불

담쟁이넝쿨이 덮인 낡은 집
고양일 닮은 여자가 도착했다
그녀가 가져온 접시엔 불이 담겨 있었다
집주인은 잠자코 불의 무게를 달았다
물이 불을 끌 수는 없어요, 불이 잠시 쉬고 있을 뿐이죠
여자가 물에서 캐낸 불을 자랑했다
말없이 저울눈을 응시하던 사내가
영혼과 살을 떼어내어 불값을 치렀고
이내 꿈으로 쓰러졌다, 여자여
왜 당신은 당신이 나쁘다고 얘기하지 않는가
사내가 원망했지만, 여자는 금세 지워졌다
담쟁이넝쿨이 덮인 낡은 집
사내는 불을 베어내어 사람들에게 팔았다
꿈틀거리는 불, 졸고 있는 불, 윤기가 흐르는 불
수척한 불, 아픈 불
겨울부터 겨울까지 그의 집은
천 개의 불꽃이 타올랐다
만물의 씨앗인 불을 사세요!
뱀의 모가지를 잡듯, 불을 잡고 휘두르며
사내가 외쳤다
사다가 무치거나 구워 드세요
당신의 영혼이 완전해질 것입니다
자신의 비밀스러움이 한 꺼풀씩 벗겨질 적마다

불은 더욱 격렬히 몸을 뒤틀었다
천 개의 혓바닥을 날름거렸다
담쟁이넝쿨이 덮인 낡은 집
불을 껴안고 잠이 든 사내는
밤마다 꿈을 떠났다. 꽃과 불, 불과 아이, 불과 사슴,
시간과 불, 돌과 불……
세상에 그의 불이 얼마나 팔렸는지 알 수 없다
하여튼 불장사가 직업이었던 그는, 평생 추위에 떨었다
불의 발톱에 긁혀 쓰러졌을 때,
곁에서 눈[雪]을 팔던 여자가 그를 재빨리 데려갔다
그들이 간 곳이
태양이 둘러싸고 있는 신전이라는 소문은 있었지만
세상은 그도 아주 믿지는 않는 눈치였다

슈베르트의 성년기

눈이 퍼붓는 날은 커서도 기뻤다
어쩐지 감미로운 음악이 들려왔고
어쩌면 쓸쓸했을지도 몰랐는데
눈만 내리면 커서도 나는
얼굴이 무뚝뚝한 수도승이 쓰던
나무 막대를 들고 눈밭을 헤집고 다녔다
눈발에 섞여 떨어진 별을 주우러 다녔다
신의 나비들이 너울대며
악보에서 해방된 음표들처럼
세상 가득 내려올 때
호기심 혹은 한눈을 팔다가 쌩쌩 떨어진
별을 찾으러 다녔다
도나우 강 가를 걷다가 덤불을 두드렸다
눈에 젖은 빨간 꽈리들이 모른다고 했다
가문비나무 숲을 샅샅이 뒤지고 있을 때는
아기 곰을 만났다
"별 못 봤니? 노란 병아리처럼 빡빡대는 별 못 봤어?"
약간 쌀쌀맞은 아기 곰과 헤어져서는
막대를 어깨에 올려 양손을 걸치고
어쩌면, 어쩐지 쓸쓸할지도 모르는 콧노래를 불렀다
평생을 기도로 보낸 막대 주인은
길에서 숨을 거두며 내게 유언을 남겼다
"나는 신이 아니다": 그토록 아름다워지려는 인간의

그윽한 눈빛, 무한한 길을 달려와
스러지는, 그것만이 존재의 의미였던 차가운 열망
도시에 도착했을 때
모든 것은 눈에 젖어 있었는데, 단 하나
무엇에도 젖지 않는 어둠이 내리고 있었다
그 중심으로 들어갈수록
도시는 점점 텅텅 비었고 너무도 진지했으므로
나는 웃을 수밖에 없었다
내가 '거기' 있다는 것은 '거의' 비밀이었다
하늘을 쳐다보면 여전히 무수한 희망이 곤두박질치고 있었다
빌딩 옥상, 쓰레기통, 고궁, 불 꺼진 기차역, 도서관
나는 거칠 것 없이 헤매는, 그 유일한 방법으로 별을 주우러 다녔다
그때마다 외로움이 지나쳤다 지나친 외로움
막대를 흔들어 허공에다 악보를 그리며
어쩌면, 어쩐지 섣부른 노래를 불렀다
"인류는 슬픔으로 병들어 멸망할 것이네,
이 얼마나 찬란한 바람인가"
그렇게, 우체국 모퉁이를 돌고 있을 때
길바닥에 별이 있었다
이제 막 떨어졌는지, 김이 모락모락 났다
깡통에다 별을 담아 쥐불놀이 하듯

훼훼— 돌렸다
별깡통이 돌 때마다 어둠이 별빛에 젖었고
참다운 인간이 되고자 평생 고행을 한
수도승의 생애가 되살아났다
무수히 곤두박질치던 음표들이 훨훨 날개를 달았다
눈에 보이고 손에 만져지는
그 어떤 슬픔으로도 감당할 수 없는 아름다운 선율.

시의 씨앗

아무래도 씨에서 시가 나온 것 같다
볍씨 콩씨 깨씨 감자씨
그 작은 숨들의 온기가 어른거려
푸른 밀림을 이루고 열매를 맺어갈 때
딱정벌레처럼 몰래 시는 태어난 것 같다

시는 씨에서 나온 것 같다
두식씨 정아씨 순신씨 소월씨
그 의미가 떨어져나간 뒤 찾아드는
고유한 여운이 시가 된 것 같다

아무래도 시는 또 씨로 갈 것 같다
사슴씨 돌씨 소나무씨 도꼬마리씨 바다씨 안녕하세요!
애틋하게 부를 때
달씨 별씨의 비유를 제 몸에 바르며
태양씨의 문법에 따라 시는 무럭무럭 자랄 것 같다

뿔!

뿔!
하얀 치마를 나부끼며 걷는 소녀처럼
구름이 흐른다
흰 눈으로 떡을 만들어 먹던 옛날
가나라 오나라 사람들의 순박한 태가
푸른 동백 잎에 얼굴 비추이듯

뿔!
만가와도 같이 나의 꿈은 땅바닥에서
풀처럼 숨을 쉰다
아무에게도 들키지 않고 소소히 커온 날
달거리중인 사슴뿔에 붉은 꽃을 걸어
서언왕* 산으로 도망가듯이

뿔!
살갗 그을리는 봄바람이 갸륵한 나머지 울었다
율법을 세운 먼 나라의 영웅아
너는 무엇을 하는 거니
까만 원피스를 입자는 거니, 그럼 다시 뿔!
살아도 살아도
꿰지 않은 구슬만 서말
상사로 만물을 바라보니 병조차 아름답다

뿔!
해는 구름의 치마폭으로, 아직 어려서
머리를 들이미는가
구름의 치마가 붉은 물로 젖을 때, 수수꽃다리 위에 앉은
당랑(螳螂)의 뿔은 곧추서고
죽음과 소녀는 나를 바라본다

* 중국 주나라 시대 서나라의 영주. 이웃 나라가 쳐들어오자 백성이 다칠 것을 염려해 왕의 자리를 내놓고 서산으로 들어갔다.

포도

시비 걸지 말라고, 제발
시비 좀 걸지 말라고
숯처럼 진한 눈을 너는 흘기고

부끄럭 부끄럭 우는 개구리
산이고 들이고 날아가는 새
아, 바라보기만 해도
넌 어찌 그리 시디신 맛을 지녔을까

빈 바람에 건들대는 쑥부쟁이 꽃
나비도 제비도 다 날아가고
단물 문 햇살
너의 오지랖 익어갈 즈음

해실대는 잎사귀 덮고 누워
나는
흑보라빛 머루를 터뜨리고 싶었다

연두
— 집 짓기

빗자루로 연두를 쓸자
내가 사라지는 것이다
빗자루를 놓고 잘못했다 빌어도
나는 돌아오지 않는 것이다
오래도록 꿈꾸었던 곳만 같은데
빗자루로 연두를 쓸자
내가 가버린 길마저 지워지는 것이다
연두를 쓸어내려 했는데, 억울하지도 않나
왜 내가 가버리나
빗자루로 연두를 때려도 부서지지도 않고
맞지도 않고
나만 아파 울고 있는 것이다
바라보면 바보라서 눈감으면
연두야!
여태 눈물이 성글한 언덕 위다
낙화 없고 꽃만 성한 언덕 위다
추억의 마루를 깔고 앉은
수척한 사내가
물음표처럼 담배를 피우고 있다

어여 너도 보내야 할 텐데
어여 너도 보내야 할 텐데

어느 화전민(火田民)의 일생

일제 때 태어나서 일본말 배우며 소학교를 다녔다는 아버지. 소학교를 마치고 일찍 취업(농부)해서 열여섯에 동갑내기 처녀를 만나 결혼했다는 아버지. 첫아들을 얻은 직후 발발된 6 · 25전쟁에 개병(皆兵) 격으로 참가했다는 아버지. 제주도 몽슬포에서 훈련을 받을 때엔, '고문관'으로 찍혀 참 많이도 맞았다는 아버지. 1년인가, 6개월인가 훈련을 마치고 헐레벌떡 전투에 투입되었다는 아버지. 첫번째 전투에 투입되자마자 대퇴부에 폭탄을 맞고 졸도했다 깨어나서 후송됐다는 아버지. 총도 한 발 못 쏴봤고 전쟁터조차 모른다며 아쉬워하던 아버지—그땐 병원에서 하루에 암소를 여섯 마리씩 잡았어. 잘 먹여서 빨리 전쟁으로 보내야 했으니까—다행히 전쟁이 끝나는 바람에, 허리에 남은 파편은 그대로 간직한 채 일병 계급장으로 무조건 제대했다는 아버지.

제대 후엔 고향으로 돌아와서 줄곧 화전농사만 지었다는 아버지. 내가 태어나 자라는 것을 바라보면서도 별반 기뻐하지 않던 아버지. 동네 반장 몇 년 맡아보는 것으로 공직생활도 임했던 아버지. 장날, 장에서 돌아오는 날엔 어김없이 술에 취해 집 안을 풍비박산 냈던 아버지…… 왕도 부럽지 않았던 아버지. 술이 깨면, 재빨리 하인이 되어 어머니의 악다구니며 자식들의 멸시를 받으며 화전으로 나갔던 아버지.

집독골, 늘악골, 용네미, 엄장골…… 손바닥처럼 쪼개져 있던 화전들을 1년 열두 달 가꾸던 아버지. 아버지의 이름으로 익어가던 수수, 조, 밭벼, 콩, 기장, 고구마, 참깨, 들깨, 옥수수, 녹두, 감자—밭갈 때 한 번, 씨앗 뿌릴 때 또 한 번, 초벌 김맬 때 한 번, 두 벌 김맬 때 또 한 번, 세 벌 김맬 때 한 번, 추수 거둘 때 또 한 번, 화전 구석구석을 어루만졌던 아버지. 곡식들과 함께 익어갔던 아버지.

평생 리어커, 경운기 한 대 부려본 적이 없는 아버지. 작두를 대신한 카터기와 유신 때의 탈곡기(발기계)에 모터를 장착한 것이 새천년 농법의 전부였던 아버지. 하여튼 지게, 삼태기, 소쿠리, 종다리키는 폼 나게 만들었던 아버지. 언제나 짐이 가득한 지게를 지고 일소 두 마리를 앞세워서 풍경 좋게 농사를 지었던 아버지. 아버지란 일소를 앞세우고 부쩍부쩍 자라던 자식들. 끝까지 가난한 부모를 향해 투덜거렸던 화전민 자식들. 그래도 웃기만 하던 아버지. 군수도 면장도 이장조차 쳐주지 않았지만 진짜 화전민이었던 아버지. 밭에만 서면 달을 알고, 해를 알고, 비를 알고 바람을 알고, 흙의 마음을 알았던 아버지. 소를 부릴 힘이 없자, 호미로 밭을 엎으며 농사를 짓던 아버지. 세상에서 속죄할 단 한 사람이었던 어머니가 돌아가자 하염없이 하늘만 몇 년 쳐다보던 아버지—, 또 습관적으로 화전에 몸을 담그던 아버지. 점점 기운을 잃어, 화전이 점점 산이 되어 갈 때, 불현듯 흙으로 돌아가신 아버지. 흙으로 돌아가는 모습이 그렇게 자연스러웠던 아버지.

울릉도

나고 드는 물길이 하도 험해서
바닷가 곳곳엔 아득한 전설이 새겨졌다
도동항 햇살 따갑고 물 잔잔한 날
나리꽃 지고 더덕꽃 피는 날
오징어 배꾼들은 노를 저어 먼 바다로 갔다
붉은 해가 풀어지는 바다는
너무 조용해 혼자 진저리를 쳤다
파도가 크지 않은 날도 많았다
폭풍이 오지 않은 날도 많았다
그랬다 쳐도
바다는 얼마나 심란한 꿈이겠는가
그 옛날 섬에선
바다에 나가 소식이 없는 사람들은
죄다 무엇이 되었다고 믿었다
그리워하면 그리워하는 대로 돌아와
새가 되고 꽃이 되고 바위가 되고 샘이 되고
그랬다 쳐도
삼라만상 돌고 돌아 우리들이 생겨났듯
얼마나 힘들었겠는가
살아간다, 섬은
아리면 아린 대로
미역줄기처럼 짭짤한 숨을 쉬며
흑비둘기는 후박나무 열매를 쪼고

나리꽃 피고 더덕꽃 지고
어린 사람들은 숲으로 가서 성인*이 된다
그랬다 쳐도
바다는 얼마나 큰 눈물 방울이겠는가

* 성인봉: 울릉도에서 가장 높은 산봉우리.

봄날은 간다

손톱에 낀 때같이 봄날은 간다
내가 사랑했던가, 눈이 째져 여자가 안 꾄다던
키 작은 사내는 떠나고
머리맡에 남은 몇 장의 지폐와 손톱의 때
간밤 속절없이 몸이 달아오를 때 나도 몰래 사내의 등짝을 긁었었지
이젠 땀도 신음도 담배연기도 가라앉은 그늘진 관(棺)
어떡하지, 내가 내게 제사를 지내고 싶으면
꽃잎 한쪽 물고 나비처럼 덜렁댈까
바람 한 뼘 안고 새처럼 까불댈까
서랍에서 가계부를 꺼낸다, 김치 국물을 쏟은 적도 없건만
어느새 누렇게 변한 백지
담배 7만 5천 원, 휴대폰비 32만 원, 팬티 1만 2천 원 콘돔 7천 원
수입…… 어젯밤 불러젖혔던 노래처럼 진부한 살림
낙장불입의 잔고는 늘 바닥을 기는데
낡은 가계부 안에서도 봄날은 간다
뛰쳐나가듯, 문을 열고 고개를 내밀면
여기저기 살구꽃 복사꽃 흩날리네, 봄날은 좋아
정육점 사내, 슈퍼 여자, 주유소 사내
몇 년 동안 안면을 익혔지만
왜 나와 그들은 아직도 수상한 눈빛일까
여자의 마음? 여자의 정원? 여자의 동산?

나는 찻집 〈여원女苑〉을 지키는 관록의 여자
아유, 그래도 봄날은 좋아, 가끔은
나와 세상 사이에 놓인 유리가 보이지 않는다, 가게 앞
재작년 봄 순자가 심은 작약꽃이 검게 익었다
여린 꽃잎도 다 펼쳐 보이지 못한 채
나이 스물의 순자가 떠난 것은 작년 여름
한 줌의 재로 바람으로 세상을 떠돌다
이 봄엔 나 몰라라 질펀하게 피었지만
차 먼지에 얼룩진 꽃잎은 늘 어색해
왜 우리의 화장은 이리도 서툰 걸까
붉어진 맘이 눈시울로 넘어와 세상을 가린다
봄날은 또 저 멀리 산정에서 서성대는 안개떼로
콩 볶는 군인들의 총소리로
들에서 어정대는 농부의 몸짓으로 가는데
오늘은 또 어떤 인생을 어루만지며
작약꽃잎 한 장 날려보낼까
손톱에 낀 때같이 봄날은 간다

묘비명

세상을 떠돌던 철새
가지런히 발을 모으다

바다

여인과 노인은 친척이 아니었다
그들은 항상 바다를 앞에 두고 앉아 있었다
화가 난 표정이었다
서로가 비밀을 알고 있었기에
말은 없었고, 푸른 파도가 목장처럼 펄럭댔다
여인과 노인은 친척이 아니었다
그저 백사장에 버려진 편지처럼 흔들렸다
바다는 비밀이 아니었고
성난 풀들은 하늘까지 뻗쳐 시들어갔다
화사한 노을로—, 여인의 자궁에서 피가 터졌다
푸른 바다가 달아올랐다
여인은 새빨간 핏덩이를 낳으며 비명을 질렀고
빈 망태를 짊어진 노인은
핏덩이를 훔치고 싶어 여인의 주위를 뛰어다녔다
길길이—, 바다를 경작하러 떠난 사내는 소식이 없었고
피 돌고 숨 쉬는 바다가 앞에 있었다
여인과 노인은 친척이 아니었다
노인이 지팡이로 하늘을 찌르자 별이 터졌다
푸른색 잉크로 쓴 이야기처럼 바다가 아팠다

나의 시가(詩家)

나의 시가는 저녁 강(江)에 있다
흘러온 개뼈다귀로 기둥을 세우고
강기슭 거미줄로 발을 늘였다
나는 바다를 향해 뻗은 물마루에 앉아
시를 쓰고 또 버린다
꽃잎이 한 강 가득 흘러내린 날이 있었다
물고기들은 뛰어오르며 진저리를 쳤다
꽃은 내게 무엇을 말하는가, 이 느낌은 무엇인가
그날 어부는 말없이 고기들을 풀어주고
그물에 걸린 꽃잎만 한 짐 지고 돌아갔다
나의 시가는 저녁 강에 있다
땀범벅으로 짐승을 쫓던 사내가 있었다
문득 걸음을 멈춘 사내가
피 묻은 돌도끼를 팽개친 채 울고 있었다
나는 왜 이래야만 하는가
나는 왜 이래야만 하는가
그의 더운 숨은 흘러내려 지구를 감싸고
하늘까지 닿았다
나의 시가는 저녁 강에 있다
늙어 죽은 물고기 뼈로 들보를 얹고
바람꽃잎을 엮어 지붕을 가렸다
해가 질 때면, 수많은 숨 탄 것들의 넋이
뜨거운 눈물로 밀려와

붉은 노을로 풀어진다, 강이 부어오른다
세계가 여린 꿈을 산란한다
나는 시를 쓰고 또 버린다

내 마음의 실루엣

나는 홀로 시를 읊네
까닭 없이 권태로운 목소리로
안개비에 몸을 적시며
시를 읊네, 하지만
나는 나의 마음을 모르네
아름다움에 더욱 목이 마른 아름다움
이 슬픔을 나는 용서해야만 할까

나는 홀로 시를 읊네
쓰러지고 싶어하며 간신히
간신히 흘러가는
의미를 알 수 없는 목소리들
길게 귀를 늘어뜨리고, 나는
봄을 다 써버린 초록 나무에 기대어
먼 전설의 마법에 빠져드네

사랑 증오 고독에게조차
지친
흑석동 거리의 흐린 하늘
집 잃은 개가 뛰어간 길로
눈에 우울 가득한 내가 걸어가고

살금살금 발끝을 세워

이데아 위를 걷는 야윈 발레리나처럼
비는 내리네, 하지만
나는 나의 마음을 모르네
이 토할 것 같은 몸 안의 비틀림
지상의 모든 것들에겐 죄가 없다

해설

안티 오이디푸스 시극(詩劇)

류신(문학평론가)

먼 미래의 옛날이여
날개를 달아야지
—「동굴유리애벌레」

올림포스의 신과 영웅들이 귀환했다. 신화의 시대는 지나갔지만, 오늘날 '신들의 이야기'는 우리 곁에서 우리와 함께 호흡하며 살아 움직이고 있다. 신화학자 조셉 캠벨은 이렇게 비유한다. "최신형 오이디푸스의 화신이 오늘 오후에도 뉴욕의 42번가와 50번가 모퉁이에 서서 신호등이 바뀌기를 기다리고 있다."(『천의 얼굴을 가진 영웅』) 이 말은 찬란했던 신화의 불꽃이 서늘한 이성에 의해서 소거된 시대, 제우스의 번개가 피뢰침에 의해서 무력해진 과학의 시대에도 신화가 여전히 불멸의 힘을 가지고 있음을 상징적으로 보여준다. 신화가 이렇듯 질긴 생명력을 가질 수 있던 것은 무엇보다도 인간 상상력의 원천이자 인류 문화의 모태이기 때문이다. 신화가 갖는 이 불멸의 생명력은 신화 자체에 내재해 있는 것이 아니라 '신화에 대한 작업(Arbeit am Mythos)'에서 비롯된다. 원본(Original)으로서의 신화는 존재하지 않는다. 말하자면 신화의 세계는 한번 이루어진 후에 다시 해체되고, 해체된 파편들이 다시 모여 새로운 세계를 일궈내는, 부단히 재구성되는 '과정의 세계'이다. 비유하자면 신화는 다양한 해석을 통해 수많은 의미가 쏟아져 나오는 화수분이다. 발터 벤야민이 적시한 것처럼 자꾸만 따르는데도 따르는 족족 새 술이 가득 차는 "필레몬의 술병"과 흡사하다. 그렇다. 신화는 작가들에 의해서 수없이 정정되고 증삭(增削)되면서, 시대의 담론에 따라 다르게 이해되고 각색되면서 진화해왔다. 이 부단한 수정과 변용의 움직임, 말하자면 연속적인 재구성의 역사(役事)가 신화를 현재에도 살아 있게 만드는 중요한 동력인 것이다.

서상영 시인의 두번째 시집 『눈과 오이디푸스』는 신화적 상상력의 판테온〔萬神殿〕이다. 이 "야단법석의 신전"(「동굴유리애벌레」)으로 들어가기에 앞서 조셉 캠벨의 말을 패러디해본다. "최신형 오이디푸스의 분신이 오늘도 '문학동네시인선 035'호로 들어가는 모퉁이에 서서 신호등이 바뀌기를 기다리고 있다." 최신형 오이디푸스라는 표현이 암시하듯이, 서상영 시세계로 침투한 오이디푸스는 기성의 오이디푸스와는 사뭇 다르다. 오이디푸스 신화 모델의 근간을 이루는 근친상간과 친부살해 모티프가 대폭 교정됐다는 측면에서 보면, 능히 '네오 오이디푸스'의 등장이라 명명할 만하다.

신화교정(Mythenkorrektur)이란 신화에 내장된 서사구조를 근본적으로 변형시키거나 이야기를 이끌어가는 중심인물을 새롭게 해석함으로써 낯선 인물로 재형상화하는 신화수용의 중요한 방식이다. 예컨대 카프카의 단편 「세이렌의 침묵」에서 영리한 영웅 오디세우스는 어수룩한 바보로 전락하고 불멸의 명창 세이렌은 줄곧 침묵한다. 카프카의 신화교정에 대한 문학적 응답인 브레히트의 산문 「옛 신화의 교정」에서 오디세우스는 더이상 합리적인 인간상의 신화적 원형이 아니라 '예술의 자유를 침해하는 독재자'로 재해석되고, 세이렌은 오디세우스를 유혹하기 위해 아름다운 노래를 부르는 반인반조(半人半鳥)가 아니라 오디세우스의 잔꾀를 알아채고 그에게 욕을 퍼붓는 마녀, 말하자면 독재자를 서슴지 않고 비판하는 '행동하는 예술가'의 모델로 수정된다. 이처럼 브레히트의 작품 속에서 신화적 인물들은 역사적 현실(반파시즘과 반자본주의 담론)과 구체적인 연관을 맺으며 현실비판의 문학적 기제로서 새로운 임무를 부여받는다.

그렇다면 서상영 시인은 '과거'의 오이디푸스 신화를 '오늘'의 관점에서 구체적으로 어떻게 교정하고 있는가? 시인이 초역사적 오이디푸스 신화를 우리 시대의 맥락 속으로 편입시켜 역사화하고 있는 이유는 무엇인가? 프로이트의 오이디푸스 콤플렉스에 대한 맹렬한 비판과 도발적인 교정이 노리는 시적 효과는 무엇인가? 당겨 말하지만 서상영의 시(이 시집의 1부에 실린 연작시를 말함)는 '목적 없는 합목적성'을 지향하는 잘 빚어진 아름다운 서정시와는 거리가 멀다. 그의 시 속에는 분명한 사용지침서가 있다. "서정시도 서사시도 아닌 똥구멍 같은 우리의/ 자화상을"(「눈과 오이디푸스—세상 어머니들의 노래」) 고발하기 위한 날 선 비수가 번뜩인다. 따라서 그의 시세계에서 감동을 느끼는 것은 언감생심이다. 그의 시는 애써 문제의식을 위장하려 하지 않는다. 고난도의 비유와 상징으로 부러 의미를 감추는 문학적 허영을 부리는 법도 없다. 그의 시는 단도직입한다. 방심과 여유를 용납하지 않고 그대로 급소를 찌른다. 그의 시는 직설적으로 상황을 보여주고 노골적으로 사건을 재현한다. 시인의 주도면밀한 연출 아래 등장인물은 충실히 연기한다. 그래서 29편의 연작시 「눈과 오이디푸스」는 시라기보다는 장편(掌篇)소설에 가깝고, 이 일련의 엽편(葉片)소설은 한 편의 전위적인 연극을 연상시킨다.

서상영 시인이 각본을 쓰고 직접 연출한 이 실험적인 시극의 제목을 '안티 오이디푸스(L'Anti-Œdipe)'로 지어본다. 이 희비극은 총 5막으로 이루어졌다. 등장인물은 아버지, 어머니, 형, 누나, 나, 동생으로 구성된 어느 소시민의 일가족이다.

프롤로그

코로스 오, 조국 테베의 거주자들이여, 보라, 이 사람이 오이디푸스로다. 그는 그 유명한 수수께끼를 풀었고, 가장 강한 자였으니, 시민들 중 그의 행운을 부러움으로 바라보지 않은 자 누구였던가? 하지만 보라, 그가 얼마나 무서운 재앙의 파도 속으로 쓸려 들어갔

> 는지. 그러니 필멸의 인간은 저 마지막 날을 보려고, 기다리는 동안에는 누구도 행복하다고 할 수 없도다. 아무 고통도 겪지 않고서 삶의 경계를 넘어서기 전에는.
>
> —소포클레스, 『오이디푸스 왕』

에케 호모(Ecce Homo)! 이 사람을 보라! 여기 세상에서 가장 위대한 왕이 참회와 통한의 피눈물을 쏟고 있다. 제 아비를 증오하고 제 어미를 취한다는 섬뜩한 델포이의 신탁을 피하기 위해 백방으로 노력했으나, 결국 친부인 줄 모르고 아비를 살해했고 친모인 줄 모르고 어미와 동침한 비운의 영웅이 있다. 신이 내린 저주를 비껴가려 몸부림쳤지만 가혹한 운명의 폭력 앞에 오열하는 오이디푸스. 죄악을 피하고자 행한 일이 죄악의 완성에 기여한 이 역설적 비극의 절정은 잔혹한 자기단죄이다. 오이디푸스가 친부 라이오스의 살해범이자 친모 이오카스테의 아들임이 만천하에 밝혀지자, 오이디푸스의 부인이자 생모인 이오카스테는 애곡하며 자살했고, 그 모습을 지켜본 오이디푸스는 이오카스테의 옷에 달린 브로치를 뽑아 자신을 눈을 찌른 것이다. 소포클레스의 『오이디푸스 왕』에서 오이디푸스는 이렇게 절규한다. "아아, 아아, 모든 것이 이뤄질 수밖에 없구나, 명백하게!/ 오 빛이여, 이제 내가 너를 보는 게 마지막이 되길!/ 태어나서는 안 될 사람들에게 태어나서, 어울려서는 안 될/ 사람들과 어울렸고, 죽여서는 안 될 사람들을 죽인 자라는 게 드러났으니!" 서상영 시인은 이 자기단죄의 희생제의가 연출하는 비극적 숭고미를 이렇게 변주한다.

소낙눈이 내린다
뜨거운 눈물이 얼어 하얀 꽃으로 핀다
대궁도 없이, 벽 없는 허공에
헛되이 몸을 부딪치며, 끝도 시작도 없이.
오오, 그러나 사내여
그 숱한 뉘우침은 정당하단 말인가
누구도 아버지의 이름을 부를 자유는 없으리

눈으로 무엇을 덮을 수 있으며
눈으로 무엇을 볼 수 있다는 말인가
삼거리의 마차였던가
거만한 패거리의 욕지거리였던가
너의 눈을 완강히 거부했던, 그 어떤 덩어리가
그토록 무서운 진실로 남게 될 줄이야

아내이자 어머니인 여인의 몸에서
흘러나온 다홍빛 피가
무구한 테베의 흙을 놀라게 했을 때
너는 손가락으로 두 눈을 찌르고

죽음으로도 면책될 수 없는 인간의 죄여
우리 모두는 차라리 고통을 택했구나

소낙눈이 내린다, 희생양 없는 순수한 경배가
세상을 풍요롭게 했던 황금의 시대, 그 순백의
꿈들이 들판을 덮는다, 시작도 끝도 없이
……붉은 꽃을 든 사내들……
버림받은 아이처럼 하얀 언덕을 떠돈다

—「눈과 오이디푸스」 전문

「눈과 오이디푸스」 연작시를 여는 서시로 손색없다. 특별한 해설이 필요 없을 정도로 오이디푸스의 자기단죄를 시적으로 재연출하고 있다. 오이디푸스의 비극이 유발하는 연민과 공포의 크기는 하늘과 대지를 뒤덮는 폭설("소낙눈")의 정도만큼이나 무한무변하다. 범행의 '무지'에서 죄악의 '앎'으로의 급전(急轉)이 초래한 오이디푸스의 가책("그 숱한 뉘우침은 정당하단 말인가")과 통한("누구도 아버지의 이름을 부를 자유는 없으리")의 강도는 "뜨거운 눈물이" "하얀 〔눈〕꽃으로" 얼어붙는 빙결(氷結)의 고통과 비례한다. 이성적 판단의 경계를 초월하는 비극적 숭고미가 발생하는 지점은 바로 여기이다. 그러나 어떠한 참회와 속죄로도 자신이 저지른 두 가지 죄악을 씻을 수 없다. 첫째, 친부살인. 오이디푸스는 친부인 테베의 왕 라이오스에 의해서 버려진 후 코린토스 왕 폴뤼보스의 양자로 입양되어 성장한다. 그는 입양된 사실을 전혀 모른 채, 장차 아버지를 죽이게 된다는 신탁을 듣고 코린토스를 떠나 방랑하다가 테베 왕국의 삼거리까지 오게 된다. 때마침 그곳을 통과하던 마차 행렬과 시비가 붙고 혈기왕성한 청년 오이디푸스는 마차에 타고 있던 친부 라이오스와 수행원을 몰살한다. 이 핏빛 살풍경은 결코 제거할 수 없는 죄악의 "어떤 덩어리"로, 즉 "무서운 진실"로 그의 뇌리에 화인(火印)처럼 각인된다. 이 트라우마는 어떤 순백의 눈〔雪〕으로도 덮을 수 없다. 둘째, 근친상간. 아들과 결혼한 비참한 운명 앞에 자결한 "아내이자 어머니인 여인의 몸에서/ 흘러나온 다홍빛 피"는 대지로 스며들었기에 결코 지울 수 없다. 결국 "죽음으로도 면책될 수 없는 인간의 죄"로 인해 오이디푸스는 자기 눈을 찌른다.

그렇다면 왜 눈을 자해했는가? 그리스인들에게 산다는 것은 본다는 것이고 본다는 것은 안다는 것과 동일했다고 한다. '나는 안다'는 동사 '오이다(oida)'는 '나는 본다'라는 의미의 동사 '에이돈(eidon)'의 과거형이다. 인간은 봄을 통해 인식한다. 시각은 이성적 인식능력이 구현되는 정신의 램프이자 절대 진리 '이데아'에 도달하게 하는 영혼의 통로이다. 하지만 오이디푸스는 자신의 운명과 자기 정체성에 대해 눈뜬장님이었다. 그런 그가 아버지를 살해하고 근친상간의 결혼을 한 사실을 깨닫자 스스로 실명을 결행한 것이다. 금기를 위반한 자는 볼 권리도 알 권리도 없기 때문이다. 여기까지는 오이디푸스 신화의 충실한 재현이다. 문제는 마지막 연에서 시작된다. 오이디푸스를 대변하는 "사내"가 돌연 "사내들"로 바뀌었다. 단수가 복수로 확대된 것이다. 오이디푸스의 뉘우침은 실명을 통한 자기단죄로 정당화(종결)될 수 없다는 것이 서상영 시인의 첫번째 문제인식이다. 오이디푸스의 통곡은 신화 시대("황금의 시대")를 넘어 여기 지금에도 여전히 들리기 때문이다. 오이디푸스는 결코 사라지지 않았다. 그는 늘 부활하여 변용된다. 오이디푸스의 분신들은 오늘날에도 거리를 활보하고 가족에 군림한다. "……붉은 꽃을 든 사내들……/ 버림받은 아이처럼 하얀 언덕을 떠돈다". 서상영의 시세계에서 붉은 꽃, 구체적으로 말하자면 '맨드라미'는 아버지를 죽이고 아버지가 된 오이디푸스를 상징한다. 찬탈한 가부장의 맹렬한 권위가 맨드라미의 정체이다.

(……) 뜰 밖의 맨드라미
서로 하염없이 욕을 하며
봄 여름 가을 겨울 없이, 우리를 덮쳐오는 것

—「뜰 밖의 맨드라미」 부분

이 붉은 맨드라미는 오늘날 도처에 편재에 있으며 시도 때도 없이 핀다. "오직 아버지가 되겠다는 외침"(「시인의 말」)만이 들리는 세상. 서상영 시인의 두번째 현실인식이다.

제1막. 아버지의 초상

당신 오늘부터 한 달 동안 외출 금지야,
이런 씨부럴 섹스도 금지야!
—「눈과 오이디푸스—아버지의 이름으로 1」

아버지와 맨드라미는 동격이다. 둘은 운명공동체이다. 아버지는 맨드라미가 필 때 태어나서 맨드라미가 필 때 죽었다.

오늘은 아버지 기일이었다 뜰 밖에 맨드라미꽃이 필 때면
어김없이 그날이 찾아왔다
(……)
아버지의 모습은 완벽했다, 누군가가 영웅담만 쓰면
되었다: **뜰 밖에 맨드라미꽃이 필 때 그는 태어나서,**
—「눈과 오이디푸스—흔들리는 집」 부분

현대 한국사회의 어느 프티 부르주아 가정에서 환생한 이 오이디푸스는 더이상 과거의 영웅이 아니다. 신화의 시대 오이디푸스는 스핑크스를 처단한 구국의 영웅이자 나라의 역병을 퇴치하기 위해 노력한 능력 있는 통치자였으며, 왕비의 옷에 브로치를 꽂아주던 자상한 남편이자 파국 앞에서도 자식의 미래를 걱정하는 인자한 아버지였다. 그러

나 서상영의 시세계로 재림한 오이디푸스는 각종 반공단체 회원이자 "사회정화위원회 흑석동지부 자문위원"인 철저한 반공주의자이고, "일신의 안락을 추구"(「눈과 오이디푸스—아버지의 초상」)하는 이기주의자이며, 부인을 노예처럼 취급하는 권위적인 가부장이자, "하물며 밭에서 나는 곡식도 그럴진대, 곱게 키운 딸을 누가 먼저 취해야겠느냐 남이냐 아비냐"(「눈과 오이디푸스—아버지의 이름으로 1」)라며 궤변을 늘어놓는 파렴치한 변태성욕자이다. 아버지는 집 밖에서는 한없이 비굴하고 초라하지만 집 안에서는 무소불위의 권력을 행사하는 자아분열증 환자이다. 요컨대 아버지는 기형화된 한국 정치(군부독재)의 병폐와 압축된 근대화의 모순을 온몸으로 체현하는 인물이다. 이런 아버지가 가족을 만들었다.

제2막. 가족의 탄생

완전 콩가루 집안이네
—「눈과 오이디푸스—애국의 길」

오이디푸스는 아내(어머니) 이오카스테와 결혼해 아들 둘(폴리네이케스, 에테오클레스)과 딸 둘(안티고네, 이스메네)을 두었다. 오이디푸스의 죄악이 드러나기 전까지 15년

동안 행복한 가정이었다. 맨드라미꽃이 필 때 태어난 아버지도 결혼해 3남 1녀의 가족을 구성했다. '형'과 '누나'와 '나'와 '동생'은 이렇게 태어났다.

뭉치면 살고 흩어지면 죽는다—아버지의 첫사랑은 불행히도 어머니가 아니었다 어디선가 들려온 억센 구호였다 고로 각종 반공대회 각종 땅굴 견학 각종 쥐잡기대회 각종 호국 궐기대회 등 뭉치는 곳이면 어디고 쫓아다녔다 각종 자녀 둘 낳기 운동본부에서도 다년간 활동을 했는데 셋째가 튀어나오는 바람에 불명예 탈퇴했다 그는 그것을 생의 중대한 오점으로 생각했고 자포자기하는 심정으로 막내를 더 낳았다

—「눈과 오이디푸스—아버지의 초상」 부분

형과 누나가 산아 제한을 근대화의 최우선 정책으로 삼았던 박정희 정권 이데올로기의 선물이라면, 나는 그 정책을 사수하지 못한 불명예스러운 표식이고, 동생은 생에 대한 환멸과 체념의 부산물이다. 애초부터 화목하고 단란한 가정을 이루기에는 무리가 있어 보이는 조합이다. 그래서 집안은 한시도 편할 날이 없지만, 성적(性的)으로는 꽤나 '해방(?)'된 바람난 가족이다.

형은 마르크스를 사랑했고 아버지는 비스마르크를 사

랑했고
집안은 한시도 열한시도 편할 날이 없었고
어머니는 남편과 아들을 똑같이 사랑했다
그래서 특이한 사랑의 방식을 택했는데
부자(父子)간의 투쟁을 빌미로 바람을 피워보자는 작은 소망을 가졌다
부자간의 증오가 증폭될수록 그녀의 소망도 증폭됐지만
막상 아버지가 죽었을 때, 그녀에게서 불륜의 꿈은 사라졌다
나는 형이라는 형이상학을 통해 세상을 봤으나
원체 지지리라 아버지조차 나를 동정했다
누나는 아버지를 가장 사랑했고 오빠를 가장 사랑했는데
그런 사실을 공공장소에서 밝혔다
그때마다 아버지와 형의 싸움은 격렬해졌고
엄마는 누나의 귀싸대기를 때렸다,
여우 같은 동생은 순수했다, 냉소를 향한 순수
동생은 아르바이트로, 냉소 편의점에서 빙신, 아니 빙수를 팔고 있다

—「눈과 오이디푸스—행복한 가족」 전문

이 가족을 구동시키는 힘은 로고스적 사랑이 아니다. 이해와 배려, 희생과 헌신이 합작해 생산하는 감동적인 가족애, 요컨대 근대국가가 가족에 부여하는 윤리적 이데올로기

의 흔적은 눈곱만치도 찾을 수 없다. 이 가족을 결집시키는 힘은 리비도이다. 근친상간의 욕망이 이상야릇한 가족을 구동시키는 중축이다. 동시에 가족을 분열시키는 요인은 증오이다. 부자간의 이념적 투쟁("형은 마르크스를 사랑했고 아버지는 비스마르크를 사랑했고")과 물리적 충돌("아버지가 방망이로 형을 내리쳤다", 「눈과 오이디푸스—착한 누나, 사랑나기 1」), 모녀간의 다툼("엄마는 누나의 귀싸대기를 때렸다")과 같은 공격본능이 가족을 해체한다. 여기서 흥미로운 점은, 성(性)충동과 공격본능이 서로 견아상치(犬牙相置)하면서 동시에 상부상조한다는 사실이다. 증오는 리비도를 강화하고 성애적 충동은 공격성을 증폭시킨다. 인력(引力)과 척력(斥力)의 양극성이 길항하는 것이다. 요컨대 가족은 생명 탄생의 본능(에로스)과 생명 파괴의 본능(타나토스)이 격돌하는 욕망의 전장이다. 이 살풍경이 서상영 시인의 도발적인 가족관의 전모이다.

오이디푸스 근친상간 모티프의 전면적 교정이자 전방위적 확대라 부를 만한 '신가족로맨스'에 나타난 '욕망의 관계도'를 정리해보면 이렇다.

1. 아버지는 누나를 욕망한다: "누나의 어깨를 감싸 안고 돌아온 아버지의 입에서도 풀풀 쏘가리 냄새가 났다"(「눈과 오이디푸스—아버지의 이름으로 1」)

2. 누나는 아버지를 욕망하고 동시에 오빠(형)를 욕망

한다: "오빠……를 사랑해, 아, 젖이 나왔으면 좋겠어, 젖……오빠의 목을 적셔줄 젖"(「눈과 오이디푸스—착한 누나, 사랑나기 1」)

3. 엄마는 아버지와 아들(동생)을 욕망한다: "또 나는 아들의 아들을 낳아야 할 것 같고"(「눈과 오이디푸스—세상 어머니들의 노래」)

4. 동생은 엄마를 욕망한다: "관계를 인정해줘—동생이 허공에다 외치며 몸을 휘청거렸다. 술이 가득한 눈을 들어 어머니를 바라보며—너, 너 지금 누구와 관계를 인정해달라는, 무슨, 무슨 관계를—재빨리 잡아챈 눈치로 누나가 떠듬거렸다—엄마와 나의 관계—"(「눈과 오이디푸스—착한 동생, 사랑나기 1」)

5. 나는 누나를 욕망한다: "나는 요즘도 누나를 생각하며 수음을 한다"(「눈과 오이디푸스—착한 누나, 사랑나기 2」)

복잡하게 얽혀 있는 이 욕망의 회로를 분석해보면 두 가지 욕망의 삼각형을 도출할 수 있다. 첫째, 아버지-어머니-동생 사이에서 일어나는 욕망의 삼각형. 동생은 아버지의 권력을 부정하고 어머니의 자궁을 갈망한다. 이는 전통적인 가족로맨스의 모델인 프로이트의 오이디푸스 콤플렉스 삼각형과 상응한다. 둘째, 형-누나-나 사이에서 일어나는 욕망의 삼각형. 나는 형의 권위에게 종속되어 있고 누나를 사랑한다. 이는 프로이트의 모델로 온전히 설명될 수 없는 새로운 욕망의 삼각형이다.

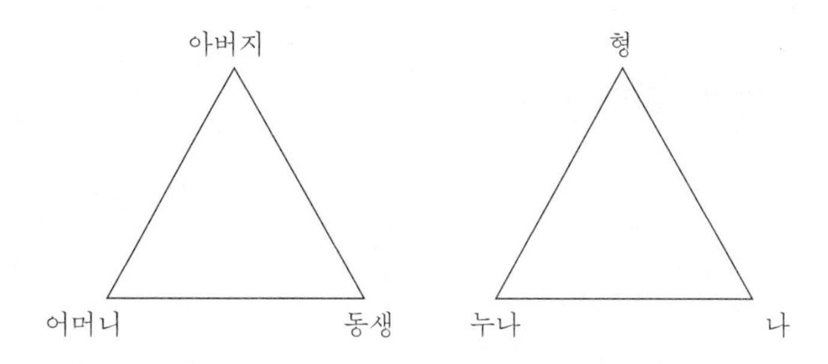

이 도식을 통해 발견된 사실이 있다. 욕망은 되풀이되고 자리를 바꾼다. 아버지의 역할을 형이 대신하고, 어머니의 자리에 누나가 들어가며, 나와 동생은 서로 자리를 대체한다. 욕망은 기표이다. 그것은 완벽한 기의로 충족되지 못하고 끝없이 의미를 지연시키는 연쇄적 메커니즘이다. 그래서 욕망은 넘어졌다 일어나고 다른 곳으로 미끄러졌다가 다시 일어나 춤춘다. "사랑은/ 무자비할 정도로 싱그럽게 일어서리라/ 운동회 날 달리기에서 넘어졌다 일어서는 아이처럼/ 영차, 사랑은/ 날아다니고 춤추고 미끄러지고 영차"(「눈과 오이디푸스—착한 누나, 사랑나기 2」). 이 욕망의 반복과 전치(轉置)가 가족을 움직이는 기제이다.[1] 이제 형이 새로

1) 반복과 전치의 논리는 서상영의 시세계를 특징짓는 수사학의 원리이기도 하다. 동음이의어를 활용하는 기지 넘치는 언어유희(pun)

운 아버지로 군림할 수 있는 가능성이 열렸다. 바야흐로 '포스트-아버지' 시대가 임박한 것이다.

제3막. 새로운 아버지의 출현

어즈버! 아버지의 이름으로: 바르게 살자!
—「눈과 오이디푸스—1층 옥탑방 2」

아버지를 배반하고 새로운 아버지로 등극하게 되는 형은 21세기 신형 오디이디푸스의 전형이다. 그가 아들에서 새로운 가부장으로 자리를 바꾸기 위해선 일곱 가지 통과제의를 정면돌파해야 한다.

1. 전향: 마르크스를 읽던 운동권 "유물론자(唯物論者)"

는 반복의 논리를 언어적 차원에서 실천한다: "쏴아—쏴아〔샤워 물소리〕/ 쏴아 죽어버려"(「눈과 오이디푸스—물의 복판」), "걱정 말고 너나 주체〔귀찮은 일을 능히 처리하다〕 잘해—난 주체〔主體, subject〕 안 해"(「눈과 오이디푸스—아버지의 이름으로 2」), "상투를 튼 할아버지의 초상화는 상투적이다"(「상투」). 또한 단어의 한 음절을 바꾸어 변주하는 기법은 랩(rap)과 같은 음악적 리듬감을 구현한다: "장자/놀자/노자/스피노자"(「눈과 오이디푸스—역사적 삐침에 대하여」), "나체와 니체"(「눈과 오이디푸스—1층 옥탑방 2」), "변태지/서태지"(「눈과 오이디푸스—기관 없는 신체」), "객관/주관/사관/여관/혈관/달관/상관/타관/금관"(「권태 4—흔들리는 집」).

에서 철혈 재상 비스마르크의 보수논리를 지향하는 "유물론자(遺物論者)"(「눈과 오이디푸스—역사적 삐침에 대하여」)로의 변절을 성실히 이행해야 한다. 수구이념의 체화는 가부장이 되기 위한 전제조건이기 때문이다.

2. 공격: 물리적 힘의 우세를 바탕으로 아버지의 권력의지를 무력화시켜야 한다. 즉 쿠데타를 일으켜야 한다. "형이 아버지의 정강이를 걷어차며 팔꿈치로 등을 찍었다—허연 눈자위를 드러내며 아버지가 쓰러졌다"(「눈과 오이디푸스—착한 누나, 사랑나기 1」).

3. 청산: 가족을 지배했던 "아버지의 헌장"(「눈과 오이디푸스—아버지의 이름으로 1」)을 파기하고 아버지의 유산과 잔재를 소각해야 한다. "밤이 깊고 아버지란 불씨가 해말갛게 가라앉을 무렵, 가족들은 앞서니 뒤서니 바지를 까 내리고 불을 끄기 시작했다"(「눈과 오이디푸스—안녕, 발가벗은 영혼아」)

4. 처단: 아버지의 여자, 즉 어머니와 통정하는 동생을 응징한다. "너는 아버지 성(姓)을 따르고 있으니까 엄마하고는 성(姓)이 다르니까 엄마하고 가능하다는 얘긴데, 뭐든 상관없어 다만 아버지의 여자를 빼앗는 것은 절대로 묵과할 수 없다, 형이 동생을 향해 말하며 우리들을 향해 말했다"(「눈과 오이디푸스—아울리스 항의 이피게네이아」).

5. 천도: 아버지의 흔적이 남아 있는 공간에서 벗어나 가족을 관리할 새로운 통제탑을 건설해야 한다. "형은 1층 옥

탑방을 만들기 시작했다 사다리를 만드는 데 고생했지만/ 공사는 빠르게 진행됐다 형의 말을 그대로 따르자면 그것은,/ 단군 이래 최대의 옥탑방 공사였다 그러니까…… 여하튼/ 알루미늄과 유리투성이의 사각형 상자를 짓고 형은 소형 태극기를 달았다/ 멀리서 보면 1층 옥탑방은 꼭 태극기가 걸린 점집 같았다"(「눈과 오이디푸스—1층 옥탑방1」)

6. 구상: 과거의 아버지 모델을 비판하고 새로운 시대에 부합하는 새로운 아버지 모델을 모색해야 한다. 형이 1층 옥탑방에 "아버지 연구소"(「눈과 오이디푸스—아버지 연구소」)를 개소한 이유이다.

7. 선언: 이제 모든 준비가 끝났다. 아버지 취임사를 천명하고 신정부의 새로운 내각을 발표하면 된다. 형은 긴급 가족회의를 소집해 새아버지의 출현을 선언한다. 복종이 가족제국의 제1의 강령이다.

우리들이 아버지를 부정한 것은, 아버지가 부정적으로 살았기 때문이다 자신은 부정적으로 살면서 가족들에게 긍정을 강요했기 때문이다 그런데 지금 우리들은 우리가 그토록 분노했던 아버지의 부정만을 옹호하고 있지 않은가 부정으로 꽃피는 쾌락의 시대. 노동, 사랑, 이상을 향한 지난날의 숭고함은 모두 어디로 갔는가, 어느 순간이든 우리들에게 부족한 것은 긍정이었지 부정이 아니었다, 오늘부터 내가 아버지가 된다 너희들은 그동안 충실했던 방종을 향해 사직서를 쓰도록—여동생 너는 법무부장관. 학원강사 너는 행자부장관. 온라인의 깡패 너는 국방부장관. 어머니는 불륜방지위원장. 모두들 '내 말에 복종할 것' 다모여 회의의 이름으로

—「눈과 오이디푸스—다모여 회의」 부분

드디어 형은 아버지가 됐다. 그러나 첫 시작부터 문제점이 노출되었다. 그토록 강력하게 청산하고자 했던 독선적인 아버지의 구태(독재와 통제)를 자신도 모르게 고스란히 반복하고 있기 때문이다. 그래서 그는 자문한다. "그런데 지금 우리들은 우리가 그토록 분노했던 아버지의 부정만을 옹호하고 있지 않은가". 그렇다. 아버지의 자기갱신은 없었다. 시대가 변해도 순종을 강요하는 '아버지 질서'는 계속해서 악순환될 뿐이다. 결국 서상영 시인의 '아버지론'은 이렇게 요약된다. "새아버지도 헌아버지일 수밖에 없어"(「눈과 오이디푸스—안녕, 발가벗은 영혼아」).

제4막. 아버지의 이름으로

오이디푸스는 신과 같다. 아버지는 신과 같다.

— 들뢰즈 · 가타리, 『앙띠 오이디푸스』

반복적으로 등장하는 아버지는 가족의 울타리에만 국한된 사적인 존재가 아니다. 라캉이 말하는 "아버지의 이름", 다시 말해 "주인-기표(Master-Signifer)"는 시대를 관통해 도처에 군림한다. 중세의 아버지는 성부(聖父)였고, 근대의 아버지가 절대군주였다면, 한국 현대사의 아버지는 독재자였다. 아버지의 이름을 자처했던 이 '위대한 인간'의 초상화가 형이 만든 '아버지 연구소'에 걸려 있다.

1층 옥탑방 똥색 바람벽엔 오래된 사람들이
치욕과 몰락의 꼬리에 꼬리를 물고 황혼 속으로 사라져간
이승만 박정희 전두환…… 이른바 아버지의 초상들이
여전히 카리스마를 놓지 못하겠다는 듯
손을 흔들고 눈을 부릅뜨며
섹스 따위는 한 번도 하지 않았다는 맹세를 하듯
엄숙한 표정으로…… 이른바 아버지 연구소 소장님의 초청으로
망명중에 있었다

—「눈과 오이디푸스—아버지 연구소」 부분

형의 연구소에서 망명중인 이 퇴색한 독재자의 초상화들은 호시탐탐 과거의 호사와 영광을 꿈꾼다. 이들이 근엄한 아버지의 이름(국가의 윤리와 이데올로기)으로 짓눌러온 개

인적 주체들의 억압된 욕망을 생각하면, 한국사회에서 아버지는 파쇼적 기표로 작동해왔음을 확인할 수 있다. 이러한 정치적 상징권력이 이즈음에는 자본주의 물신(物神)으로 대체되고 있다. 개인의 욕망이 독재자의 억압과 금지를 통해 가책의 고통(오이디푸스 콤플렉스)에 시달렸다면, 마찬가지로 신자유주의 시대 노동자는 자본주의 체제(아버지) 아래에서 각종 억압과 금지를 통해 죄의식에 시달리고 있다. 자본의 유령이 현대인의 (무)의식을 옥죄는 구속복(straitjacket)인 것이다. 그렇다. 자본주의는 종속의 체제이다. 외부로부터 내면으로, 위로부터 아래로 진행되는 예속의 시스템이다. 이런 맥락에서 들뢰즈·가타리의 『앙띠 오이디푸스』의 다음 대목은 경청에 값한다. "아버지, 어머니, 아이는 자본의 이미지의 환영(자본씨, 대지부인, 그리고 이 둘의 아이인 노동자)이 된다. 가족은 사회 터전의 집합이 적용되는 하부집합이 된다."

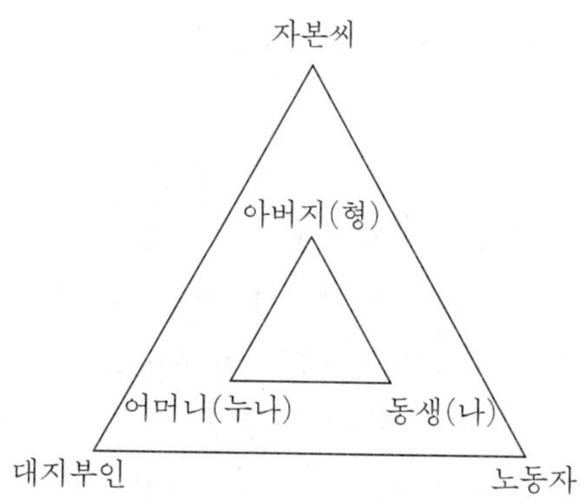

『앙띠 오이디푸스』의 문제의식은 이렇게 괄약된다. "어찌 욕망의 메커니즘을 너무도 좁은 가족 안에서만 보는가?" 이들은 욕망이란 가족이라는 작은 밀실에서 암중비약(暗中飛躍)하는 것이 아니라고 생각했다. 말하자면 욕망 개념을 '가족로맨스'의 감옥에 가둬두는 것이 아니라 역사적, 정치 · 경제적, 사회 · 문화적 맥락에서 재정위해야 한다고 보았다. 아버지에 대한 죄의식과 복종으로부터 모든 억압적인 제도의 원천을 읽어낸 셈이다. 오이디푸스에 반대한다는 뜻의 '안티 오이디푸스'가 상징적으로 대변하듯이, 이들은 부성적(父性的) 법에 의한 내면적 예속을 타파함으로써 욕망을 해방시킬 수 있는 방법을 모색했다. 서상영 시인의 문제의식도 다분히 안티 오이디푸스적이다. 시인은 기성의 오이디푸스 극("아버지 극")을 거부한다. 왜냐하면 시인에게 아버지는 가정 내에서 군림하는 실존적 실체를 넘어 우리 사회의 모순과 폐단을 가리키는 상징적 기표로 작동하기 때문이다. 아버지는 부정성의 총화이다.

유세차! 지조 높은 개는 아버지를 모셔본 적이 없으며 그래서 아버지로 살 까닭도 없으며 더불어 다른 아버지를 모실 필요가 없으며 그러므로 누구에게 아버지를 강요할 여지가 없으니 따라서 오늘도 도처에서 꼬리에 꼬리를 치며 씌어지는 '아버지 극'을 거부하노라 감소고우! 지조 높은 개는 산은 산, 물은 물을 믿지 않으며 그래서 교황의 신년 메시지 대통령의 광복절 기념사도 믿지 않으며 더불어 TV, 스포츠 영웅, 지식계, 경제계, 정치계, 연예계, 조직폭력계도 믿을 여가가 없으며 그러므로 순수도 믿지 않으며, 그들은 다 아버지이기 때문이라

—「눈과 오이디푸스—낭독의 기쁨」 부분

제5막. 나의 탄생

나는 시를 쓰고 또 버린다

—「나의 시가(詩家)」

이제 '나'가 무대에 등장할 때가 됐다. 이 콩가루 가족에서 존재감이 희박했던 '나'라는 인물은 도대체 어떤 존재인가? 나의 긴 독백을 들어보자.

운동권 출신인 내 직업은 현재 학원강사이다. 한때 마르크스를 공부했던 형은 나의 우상이었다. 나는 "형이라는 형이상학을 통해"(「눈과 오이디푸스—행복한 가족」) 세상을 보려 했다. 그러나 형의 전향 이후 가치관의 혼란을 겪었다. 생의 방향성을 상실한 것이다. 소심하고 내성적인 성격 탓에 아버지와의 큰 충돌이나 불화도 없었다. 아버지는 애초부터 나를 적수로 생각하지 않았기에 나를 동정하기조차 했다. 형과 동생이 멱살을 잡고 싸울 때도 나는 무덤덤하게 반

응했다. "나는 살아 있다는 것에 여전히 무력감을 느끼며, 형제들을 바라봤다."(「눈과 오이디푸스—다모여 회의」) 나에게는 아버지가 되려는 '권력에의 의지'가 부재하다. 나는 결코 아버지가 될 수 없는 인간이다. 일말의 위안이었던 누나에 대한 짝사랑도 접었다. "시(詩) 같은 사랑보단 창녀 같은 사랑이 좋겠어/ 어렵지 않게"(「눈과 오이디푸스—거울 앞에 선 내 누님이여」)라는 누나의 고백 앞에 할 말을 잃었기 때문이다. 집안에서 나는 있으나 마나 한 하찮은 존재였다. 요컨대 나는 부모형제와 함께 사는 고아였다. 집안의 이방인이었다. 이때 인상 깊게 읽은 책이 세 권이다. 보들레르의 『파리의 우울』, 들뢰즈·가타리의 『앙띠 오이디푸스』, 카프카의 『아버지에게 드리는 편지』. 먼저 『파리의 우울』에 실린 소산문시(Petits Poèmes en Prose) 「이방인」이 눈에 쏙 들어왔다. 바로 내 이야기인 듯 보여, 읽고 또 읽으며 오랫동안 곱씹었다.

— 수수께끼 같은 친구여, 말해보아라, 너는 누구를 가장 사랑하느냐? 아버지? 어머니? 누이나 형제?
— 나에겐 아버지도, 어머니도, 누이도, 형제도 없소.
— 친구들은?
— 당신은 오늘날까지 내가 그 의미조차 모르는 말을 하고 있구려.
— 조국은?

— 그게 어느 위도 아래 위치하는지도 모르오.

— 미인은?

— 불멸의 여신이라면 기꺼이 사랑하겠소만.

— 돈은 어떤가?

— 당신이 신을 싫어하듯, 나는 그것을 싫어하오.

— 그렇군! 그렇다면 당신은 도대체 무엇을 사랑하오, 불가사의의 이방인이여?

— 나는 구름을 사랑하오…… 흘러가는 구름을…… 저기…… 저기…… 저 찬란한 구름을!

—보들레르, 「이방인」, 『파리의 우울』

그렇다. 나에게는 신(성스러운 아버지)도 조국(큰아버지)도 생부도 친구도 없었다. 그렇다고 바람난 어머니의 품에서 위안을 찾지도 못했다. 나는 "사해홀로주의"(「눈과 오이디푸스—애국의 길」)를 추종하는 단독자였다. 이렇게 나 자신을 규정할 때 『앙띠 오이디푸스』의 다음 대목이 가슴을 쳤다.

나는 아버지를 믿지 않는다
어머니도
난
엄마-아빠의 것이 아니다

—들뢰즈 · 가타리, 『앙띠 오이디푸스』

오이디푸스 욕망의 삼각형에서 배격(해방)된 나는 주로 잠을 잤다. "불멸의 여신(뮤즈)"을 만나고 싶었기 때문이다. 진정한 현실은 꿈속에서만 존재한다고 생각하기 시작한 것은 이즈음부터였다. 몽상만이 유일한 즐거움이었다. "전화가 한통도 오지 않았다/ 나는 하루 종일 잠의 꿈속에서 헤맸다"(「유배지에서 보낸 한철」). 골방에서 잠만 자서일까. "나의 ego는 Id로 퇴화하고/ Id는 퇴행을 거쳐/ 한 마리 짐승새끼로 가 멈췄다"(「권태 3」). 나에게는 초자아가 없었다. 그래서 나는 건강한 사회적 주체로 성장하지 못했다. "주체가 된다는 것은 종속된다는 것이다"라는 알튀세르의 말을 모범적으로 구현했다. 나는 소멸로 가는 탈주체였다. "나는, 소멸은 과연 어디를 향한 출구인가"(「오르페우스, 그 겨울의 시작」). 나는 죽은 채로 살아가는 산주검(undead)에 불과했다. 나는 실존이 아니라 쓰레기봉투에 담겨 소각장으로 이송되는 탈존(Eksistenz)이었다.

이런 쓰레기는 질색입니다 청소부는 가위로 내 머리카락을 자르며 말했다 죽음이란 놈은 번개의 불줄기같이 섹시하긴 하지만 당최 잡을 수가 없습니다, 어째 소각장까지 동행하겠습니까 밤마다 꿈은 부풀어 터질 것만 같았다 60킬로그램의 무게가 꽉꽉 밟혀 20킬로그램, 종량제 봉투에 다져진, 다져진, 다져진 아아 그곳은 포탄 속처럼 고요했다

—「오르페우스, 그 겨울의 시작」 부분

이렇게 나는 애당초 존재의 이유를 포기했기에 늘 심심하고 줄곧 우울했다. 나에게 "생은 따분한 익살 속에서/ 그저 뜻밖의 기적을 바라며/ 물 아래서 눈을 감고 꿈만"(「우울」) 꿀 뿐이었다. 모두 아버지가 되려고 아우성치는 현실로부터 완전히 소외된 나는 참 하릴없었다. 여기 지금 엄연히 존재하는 현실(집과 학원)은 내게 "참으로 먼 유배지"(「권태 1」) 일 뿐이었다. 그래서 나는 정처 없이 길을 떠났다. 철도 없이 묘비명부터 썼다.

세상을 떠돌던 철새
가지런히 발을 모으다

—「묘비명」 전문

나는 나그네가 되기로 마음먹었다. 결혼을 해 한 가정의 아버지가 되는 걸 포기했다. 보들레르가 유일하게 사랑했던 '흘러가는 구름'이 되고 싶었다. 나는 "얼굴이 무뚝뚝한 수도승이 쓰던/ 나무 막대를 들고 눈밭을 헤집고 다녔다/ 눈밭에 섞여 떨어진 별을 주우러 다녔다/ (……)/ 그때마다 외로움이 지나쳤다 지나친 외로움/ 막대를 흔들어 허공에다 악보를 그리며/ 어쩌면, 어쩐지 설부른 노래를 불렀다"(「슈베르트의 성년기」). 나는 차츰 시인이 되어갔다. 나는 가객

(歌客)처럼 산천을 떠돌았다. 푸른 바다를 특히 좋아했다. 바다는 나에게 "푸른색 잉크로 쓴 이야기"(「바다」)의 무진장이었다. 어느 섬에서 바다를 보며 "바다는 얼마나 심란한 꿈이겠는가/ (……)/ 바다는 얼마나 큰 눈물 방울이겠는가"(「울릉도」)라고 노트에 적기도 했다. 그러다가 바다로 흘러들어가는 어느 강가에 '시의 정자'를 지었다. "나의 시가는 저녁 강에 있다/ 늙어 죽은 물고기 뼈로 들보를 얹고/ 바람꽃잎을 엮어 지붕을 가렸다"(「나의 시가(詩家)」). 그곳에서 나는 시를 쓰고 버리고 또 쓰고 버리면서 시작(試作)을 연마했다. 그 와중에 가장 아름다운 서정시 한 편이 씌어졌다. 실로 버리기 아까운 음유시인의 노래라고 생각했다.

나는 홀로 시를 읊네
까닭 없이 권태로운 목소리로
안개비에 몸을 적시며
시를 읊네, 하지만
나는 나의 마음을 모르네
아름다움에 더욱 목이 마른 아름다움
이 슬픔을 나는 용서해야만 할까

나는 홀로 시를 읊네
쓰러지고 싶어하며 간신히
간신히 흘러가는

의미를 알 수 없는 목소리들
길게 귀를 늘어뜨리고, 나는
봄을 다 써버린 초록나무에 기대어
먼 전설의 마법에 빠져드네

사랑 증오 고독에게조차
지친
흑석동 거리의 흐린 하늘
집 잃은 개가 뛰어간 길로
눈에 우울 가득한 내가 걸어가고

살금살금 발끝을 세워
이데아 위를 걷는 야윈 발레리나처럼
비는 내리네, 하지만
나는 나의 마음을 모르네
이 토할 것 같은 몸 안의 비틀림
지상의 모든 것들에겐 죄가 없다

—「내 마음의 실루엣」 전문

외로움, 권태, 슬픔, 사랑, 환멸, 우울 등 이방인의 감정이 안개비, 나무, 흐린 하늘, 비와 같은 자연의 풍광에 자연스럽게 이입되어 있는 작품으로 손색없다고 자평했다. 나는 대지를 향해 춤추듯 내리는 연약한 빗줄기의 리듬을 "살금

살금 발끝을 세워/ 이데아 위를 걷는 야윈 발레리나"의 발 동작에 비유한 참신한 상상력에 자못 흐뭇해하기도 했지만, 이 '낭만적인' 시에 '낭만적인, 너무나 낭만적인' 제목 "내 마음의 실루엣"을 달고 난 후 생각이 바뀌었다. 돌연 내가 아버지의 세상에서 너무 멀리 떨어져 나왔다는 자각이 밀려들었기 때문이다. 이때 불현듯 시는 삶의 고독을 위무하고 세상의 모순을 잠시 잊게 만들어주는 진통제가 되어서는 안 된다고 믿었던 시절이 있었음을 기억했다. "진통제를 만들고 있는 시들을, 갈기갈기 찢어버리곤 했다"(「현기증」). 오히려 시는 상처의 근원을 직시하게 하고 현실의 모순을 성찰하게 하는 각성제로 기능해야 하지 않겠느냐는 생각이 꼬리를 물었던 것이다. 그래서 나는 수구초심하고 절치부심하며 심사숙고해서 새로운 시학을 쓰기 시작했다. 나의 시로 쓴 시론(ars poetica)은 이렇게 탄생했다. 나는 이렇게 다시 태어났다. 시는 나의 전부였다.

시를 쓴다는 것은
독을 사탕처럼 빨고 있는 것
희망은 부서지기 위해 존재하며
그래서 영원히 희망일 수밖에 없다는 것
사랑은 죽기 위해 가능하며
서로를 오염시키는 게 전부라는 것
시를 쓴다는 것은

우연만이 행위이고
필연은 삶도 아니라는 것
사물을 해석하기보다는 사물에 해석당하는 것
난해함을 해결하기보다는 난해함 속으로 걸어들어가는 것
시를 쓴다는 것은
내 삶 자체가 혁명임을 믿으며
우주에 하나뿐인 시인임을 양심적으로 느끼는 것
불면에 끊임없이 복종하며
미끄러짐의 끝없는 계단에 의지해서, 정신없이
오만한 신들의 양식인 無가 놓여 있는
저 빛나는 산을 향해 올라가는 것
나는 無를 향해 절망한다
나는 無를 향해 소리친다
나는 無의 멱살을 움켜쥐고 으르렁댄다
나는 無의 옷을 벗겨 펄럭인다
어느 날, 시시포스의 바위가 떨어져 내리던 그곳에 서서
—「나에게 살아 있는 증거는 없다」 전문

이제 내 시작법의 신화적 모델은 더이상 오르페우스가 아니다. 이제 나는 자연을 섭동케 하고 인간을 감동시키는 오르페우스 칠현금의 선율, "그 애달던 리라의 곡조"(「오르페우스, 그 겨울의 시작」)를 짓기보다는 시시포스의 부

Wolfgang Mattheuer
Der übermütige Sisyphos, 1973

조리의 바위를 밀어 올릴 것이다. 수많은 회의와 깊은 절망에도 불구하고 한 발짝 앞으로 바위를 굴리는 시시포스가 될 것이다. 물론 바위를 정상에 올릴 수는 없을 것이다. 바위는 계속해서 아래로 굴러 내려가기 때문이다. 그럼에도 불구하고 "희망은 부서지기 위해 존재하며" 절망은 극복되기 위해 존재한다는 역설을 온몸으로 체현하는 시시포스의 고역을 감수할 것이다. 그리고 절망과 희망의 단애에서 "오만한 신들의 양식인 無"를 향해 절규할 것이다. 나는 헛된 노동의 악순환에 시달리는 불우한 시시포스가 되지 않을 것이다. 나는 부조리 앞에 절망하면서 동시에 그것의 "멱살을 움켜쥐고 으르렁"거릴 것이다. 데가주망(dégagement, 자기해방)을 실천하기 위해 나는 신이 내린 저주의 바위를 스스로 발로 찰 용기도 있다. 나는야 '불손한 시시포스(Der übermütige Sisyphos)'이다. "시시포스의 바위가 떨어져 내리던 그곳"이 바로 나의 시학의 거점이다. 요컨대 "시를 쓴다는 것은/ 내 삶 자체가 혁명임을" 실천하는 것이 아닌가? 나는 시에 모든 것을 걸었다. 카뮈의 말을 되새긴다. "나[시시포스]는 바위보다 강하다."(『시시포스의 신화』)

다시 묻는다. 시시포스는 누구인가? 제우스를 기만한 죄로 부단히 떨어지는 바위를 산 정상으로 밀어 올리는 천형을 짊어진 코린토스의 왕이 아니던가. 그는 신의 질서(신의 아버지 제우스의 권위)를 부정한 인물이다. 그렇다면 그는 아버지의 권위에 복종하지 않는 불온한 반란자로 재해석될 수 있지 않겠는가. 그의 도발은 기성의 초월적인 법 내지 부성(父性)적 법이 제어할 수 없는 힘의 산물이 아닌가? 신(아버지)의 명령에 지배받지 않고 유목민처럼 탈주하는 불손한 시시포스의 무의식에 오이디푸스 콤플렉스의 가책 따위가 똬리를 틀 수는 없을 것이다. 그렇다면 나, 그래, 나, 불온한 시시포스는 바로 '안티 오이디푸스'의 또다른 분신이 아닌가? 신화는 이렇게 계속해서 변용된다. 릴케의 시구가 떠오른다. "언제나 변용 속으로 들어가고 나와라"(「오르페우스에게 바치는 소네트」). 이제 나는 다시 집으로 돌아갈 것이다. 멀리서 서태지의 노래 〈컴백 홈〉이 들려온다. "난 지금 무엇을 찾으려고 애를 쓰는 걸까/ 난 지금 어디로 쉬지 않고 흘러가는가/ (……)/ You must come back home/ 나를 완성하겠어". 그렇다. 나는 집으로 돌아가 아버지와의 결별을 완성함으로써 나를 완성할 것이다. 그러기 위해서 시를 쓸 것이다. 이때, 아버지를 상대로 제기한 소송의 기록인 카프카의 『아버지에게 드리는 편지』의 한 대목이 떠올랐다.

저의 모든 글은 아버지를 상대로 해서 씌어졌습니다.

글 속에서 저는 평소에 직접 아버지의 가슴에다 대고 토로할 수 없는 것만을 토로해댔지요. 그건 오랫동안에 걸쳐 의도적으로 진행된 아버지와의 결별 과정이었습니다.

—프란츠 카프카, 『아버지에게 드리는 편지』

에필로그

> **테레시아스** 그대는 눈을 가지고 있지만, 자신이 어떤 비참한 상태에 빠져 있는지를 보지 못하며, 자신이 어디에 있는지 누구와 살고 있는지를 보지 못한다.
>
> — 소포클레스, 『오이디푸스 왕』

아버지가 등장하고(발단), 가족이 구성되고(전개), 형이 아버지가 되고(절정), 아버지가 '초월적 기표(transcendant signifiant)'가 되고(반전), 나는 시인이 되었다(대단원). 일 가족이 모순으로 점철된 한국 현대사의 축소판이라는 측면에서 이 연극은 역사의 우화이다. 동시에 한 가정이 자본주의 욕망의 공시장이라는 점에서 이 연극은 포스트모더니즘의 공방(工房)이다. 이렇게 '신가족로맨스'의 연극은 끝났다. '안티 오이디푸스 시극'은 막을 내렸다. 모두가 아버지(권력, 권위, 자본)가 되려고 안달이 난 시대에 아버지가 되기를 거부하는 자, 아니 아버지가 될 수 없는 자가 바로 시인이다. 아버지를 부정하며 가출했던 나(아들)가 시인이 되어 돌아왔다고 집안 분위기가 바뀔 이유는 어디에도 없다. 아버지가 부재하는 현실 저편 꿈속에서 시인은 불손한 시시포스(혹은 안티 오이디푸스)였지만, 아버지가 편재하는 일상의 현실로 복귀한 시인은 다시 무기력한 사설학원 강사일 뿐이다. 시인은 식구들에게 여전히 "나약한 놈!"이다. 온가족이 함께 공연한 '안티 오이디푸스 시극'을 마무리하며 식구들은 아버지의 제문(祭文)에 대해 저마다 짧은 논평을 단다.

> 동생: 좀 짧은 느낌이 드는데—형: 넘어지는 것이 아니라 넘어서는 것이 중요하다고 한 줄 더 읊어—학원강사: 넘어지지 않고서는 넘어설 수도 없어—**가족 일동: 나약한 놈**!—엄마: 그런데 우리 가족만 이렇게 행복해도 될까—누나: 엄만, 우리만 행복하면? 조선일보 한겨레 신문기자들이 가만 놔뒀겠어 근데 기척도 없잖아 다 똑같아—
>
> —「눈과 오이디푸스—낭독의 기쁨」 부분

변한 것은 하나도 없다. "다 똑같아—". 모든 것은 가고 모든 것은 되돌아온다. 여전히 집안은 오이디푸스 제국이다. 죽은 아버지를 대신해 형은 계속해서 아버지의 이름으로 명령하고, 어머니는 "또 나는 아들의 아들을 낳아야 할 것" 같다고 말한다. 누나는 계속해서 “그냥 착하게 살며, 섹스에만 충실하지”(「눈과 오이디푸스—거울 앞에 선 내 누님이여」)라는 입장을 고수하고, 동생은 계속해서 “난 집을 사랑하지 않아. 엄마만 사랑해”(「눈과 오이디푸스—착한 동생, 사랑나기 2」)라고 외친다. 이 가족극장에서 나는 하찮은 조역일 뿐이다. 그리고 나는 계속해서 고독하고 슬프고 권태롭고 우울할 것이다. “우주에 하나뿐인 시인”의 자존은 어디로 사라졌단 말인가? 지금 나는 시인인가? 횔덜린의 「빵과 포도주」의 시구를 패러디해 묻자면, 풍요 속에서도 궁핍한 이 시대에 시인은 무엇을 위하여 존재하는가? 나는 지지리 나약한 학원강사인가, 불손한 시시포스인가? 나는 소멸되었는가, 완성되었는가? 나는 도대체 누구인가? 서상영 시집 『눈과 오이디푸스』가 관객에게 던지는 근본적인 질문이다.

거칠게 말하자면, 서상영 시세계는 집 안팎에 따라 양분된다. 집 안(가정)에서 그의 시는 전위에 서 있다. 서정을 포기한 자리에 육두문자와 외설과 패러디가 난무하고, 대중가요와 연극적 대화가 수시로 개입하며, 말장난과 소설적 서사가 포진한다. 시인지 소설인지 우화인지 연극인지 분간할 수 없다. 말하자면 집 안에서 그의 시세계는 전통적인 장르의 경계를 가뭇없이 허무는 해체와 재구성의 미학적 실험실이다. 집 밖(자연)에서 그의 시는 종종 뮤즈의 역습에 무장해제당한다. 감정의 변화와 심정의 냉온(冷溫)에 마음을 연다. 집 밖에서 그가 경작한 상상의 영토에서는 “달씨 별씨의 비유를 제 몸에 바르며/ 태양씨의 문법에 따라 시는 무럭무럭"(「시의 씨앗」) 자란다. 그러면 지금 시인은 어느 쪽에 있는가? 시인은 집 안과 집 밖, 가족과 자연, 실험과 서정, 첨단과 낭만이 대치한 최전선에 있을 것이다. 경계에서 피는 꽃이 가장 위험하고 아름답다. 부디 정치와 미학의 영토가 맞닿은 국경에서 서상영 시의 꽃이 계속해서 만개하길! 이렇게 말하고 나니 결어치고는 상투적이고 밋밋한 인상이다. 그렇다면 이렇게 말하자. 두 겹의 삶을 견디기 위해서, 시간과 공간이 새로운 질서를 부여받는 접점에서, 정치와 미학의 청원이 충돌하고 길항하고 교호(交互)하는 전위에서, 서상영의 시세계가 조금 더 독해지고 악해지길 소망한다. '안티 오이디푸스 시극'이 끝난 후 좀처럼 자리를 떠나지 못하는 관객의 한 사람으로서 서상영 시인에게 보내는 격려의 커튼콜은 이렇다. 차라투스트라는 이렇게 말했다.

진실하다는 것. 그렇게 될 수 있는 자는 소수에 불과하다. 그리고 그렇게 될 수 있는 자는 아직 그렇게 되기를 바라지 않는다! 그리고 착한 자들은 그렇게 되기가 가장 어렵다.

아, 이 착한 자들이여! 착한 자들은 결코 진리를 말하는 법이 없다. 정신에 있어서 이처럼 착하게 된다는 것은 일종의 병이다.

하나의 진리가 태어나기 위해서는 착한 사람들이 악이

라 부르는 모든 것이 함께 모여야 한다. 아, 형제들이여. 그대들은 이러한 진리에 어울릴 만큼 충분히 악한가?

저돌적인 모험, 오랜 의심, 잔인한 부정, 권태, 생동하는 것 속으로 파고듦. 이런 것들이 모이는 것은 얼마나 드문 일인가! 그러나 이러한 씨앗으로부터 진리는 태어나는 법이다!

지금까지 모든 지식은 사악한 양심과 더불어 성장했다! 그러니 부숴버려라, 부숴버려라, 그대여, 낡은 서판을!

— 니체, 『차라투스트라는 이렇게 말했다』

서상영 1967년 강원도 홍천에서 태어났다. 서울시립대학교 무역학과를 졸업했으며, 현재 중앙대학교 문예창작학과 대학원 박사과정에 있다. 1993년 『문예중앙』 겨울호에 「들판의 노래」 외 10편을 발표하면서 문단에 나왔다. 시집으로 『꽃과 숨기장난』이 있다.

문학동네시인선 035
눈과 오이디푸스

초판 인쇄 2012년 12월 18일
초판 발행 2012년 12월 27일

지은이 | 서상영
펴낸이 | 강병선
책임편집 | 김필균 편집 | 김민정 강윤정 김형균
디자인 | 수류산방(樹流山房) 본문 디자인 | 유현아
마케팅 | 신정민 서유경 정소영 강병주
온라인 마케팅 | 김희숙 김상만 이원주
제작 | 서동관 김애진 임현식 제작처 | 영신사(인쇄) 경일(제본)

펴낸곳 | (주)문학동네
출판등록 | 1993년 10월 22일 제406-2003-000045호
주소 | 413-756 경기도 파주시 문발동 파주출판도시 513-8
전자우편 | editor@munhak.com
대표전화 | 031) 955-8888 팩스 | 031) 955-8855
문의전화 | 031) 955-8890(마케팅), 031) 955-2663(편집)
문학동네카페 | http://cafe.naver.com/mhdn

ISBN 978-89-546-2011-6 03810
값 | 8,000원

* 이 도서의 국립중앙도서관 출판시도서목록(CIP)은 e-CIP 홈페이지(http://www.nl.go.kr/ecip)에서 이용하실 수 있습니다. (CIP 제어번호 : CIP 2012005981)
* 이 시집은 2008년도 서울문화재단 창작지원금을 수혜하였습니다.
www.munhak.com

문학동네